U0643921

新介井一二三

我和中文谈恋爱

［日］新井一二三 著

上海译文出版社

目录

陆 在影片和影片间找对话
　　——中文陪我欣赏电影

中文边缘上的眺望

　　最近去新加坡演讲，在公共图书馆的演讲结束后，听众里有一位年轻女士举手要提问。首先，她向我说："谢谢您今天讲中国的历史给我们听。"一时，我目瞪口呆了，因为我讲的是自己年轻时去北京留学的回忆。当然，三十多年前，刚开始改革开放不久的中国，晚上在黑漆漆的长安街上，连一辆汽车都看不到，有一群待业青年不知从哪里摸黑出来，趁机踢起足球来……的故事，由"八〇后"看来是十足的历史了吧。真没想到，人活着，自然而然地变成一本历史书。

　　过去二十多年，我用中文写的书，最多的是关于故乡东京的：《我这一代东京人》《东京迷上车：从橙色中央线出发》《东京上流》《东京的女儿》《伪东京》《偏爱东京味》《东京人》《东京故事311》等比比皆是。其次是关于日本文学或者阅读的：《东京阅读男女》《我和阅读谈恋爱》《读日派》《可爱日本人》等。以及漫谈日文的：《你所不知道的日本名词故事》《你一定想知道的日本名词故事》。另外也有两本旅行专书:《独立,从一个人旅行开始》《旅行,是为了找到回家的路》,以及一本台湾专书:《台湾为何教我哭?》。偏偏缺席的是,作为这一切前提的:我多么喜爱做中文作家。

从学习中文到当上职业作家的道路上,我有过许多有趣、难忘、奢侈、特别的经验,虽然也有过一些可怜、悲惨、倒霉、糟糕的。因为我是土生土长的日本人,而且曾在加拿大待过六年半,做中文作家,就不外是过双语人、三语人的日子。无论是什么时候、看什么问题,我都习惯从三个不同的角度来观察、思考,结果往往产生一些与众不同的观点或感想。另外,在内地和港台的报刊上,写了二十多年的专栏以后,我也自然而然地从各地人的日常生活中找出人类普遍的现象、故事。

开车的人觉得:如果没拿到驾照,这一辈子肯定会很不同。养育孩子的人则觉得:如果没有生育,这一辈子绝对会不一样。生为日本人的我,学会中文当上了中文作家,好比拥有了能无限扩大行动范围的超高性能汽车,也好比自己生下的孩子们各自远行到异乡跟当地人交朋友。中文犹如另一本护照,也犹如哆啦A梦的任意门。同时,因为我来自中文世界之境外,始终觉得自己处于远离中原的边缘上,谁料到那位置偶尔给我带来旁观者清的眺望。

我在这本书里写的,可以说是很个人的故事:一个日本人如何跟中文谈恋爱。不过，我也相信，其实我的经验一点也不特别。凡是谈过恋爱的人，不管对象是人、语言，还是旋律、数列，甚至是一阵风，都会说：这里说的跟我自己经历的，不就是一样的吗？

壹

令人怦然心动的"妈麻马骂"

——我和中文谈恋爱

只有日语的寿司店

小时候，在我的生活中，只有一种语言：日语。家里的大人，没有一个会说英语，更不用说汉语了。说到外国，无论是当时还是现在，日本人想到的首先就是美国。

今天，中野最出名的是专门贩售跟日本动漫相关商品的"MANDARAKE"，位于我小时候经常被母亲带去买日常用品的商场"中野百老汇"里。如今的"中野百老汇"是有点儿老气的商场，可是从前曾非常时髦，连大红歌星老虎乐队的主唱泽田研二、小说家兼后来的东京都知事青岛幸男都住在那里。再说，青岛当年在"中野百老汇"二楼开的意大利面店就是日本意大利面专卖店的始祖。

我出生的时候，父母亲和大我两岁的哥哥，住在爷爷开的寿司店后面。爷爷年轻的时候，从东京西北方埼玉县熊谷的农村跑到首都来，跟同样也是神奈川县农村出身的奶奶结婚，在当年日本国铁（现JR）中央·总武线东中野火车站附近定居下来，先开了木屐店，后来开了寿司店。

父亲生前给我讲过，他记得小时候跟爷爷早上一起坐有轨电车到位于筑地的鲜鱼批发市场采购，买了很多鱼，回程则坐"円タク"，即当年不管坐多远，车费一律收一块日圆的计程车。然而，好事多磨，爷爷四十多岁就中风，从此便半辈子都半身不遂。当时，奶奶刚满四十岁，有五男三女共八个孩子，最小的孩子还在吃奶。为了养活一家十口子，奶奶只好替爷爷当起家来，雇请了厨师和跑堂的小伙子，也叫孩子们帮帮忙，合力经营一家专门供应寿司的餐厅，叫做"朝日鮨"。我出生的时候，除了我父母亲以外，叔叔、婶母都一起在店里工作。另外，也有未婚的小姑和小叔。总的来说，那是一个很大、很热闹，也完全日本的家庭。

　　小时候，在我的生活中，只有一种语言：日语。家里的大人，没有一个会说英语，更不用说汉语了。说到外国，无论是当时还是现在，日本人想到的首先就是美国。在我的孩提时代，电视上播放着很多美国连续剧、卡通片，如 *Lucy*、*Show*、*Tom and Jerry* 等。大家很向往美国，以为美国是全世界最富有、最先进、最民主、最自由而"女性优先"（Ladies first）的国土。那年代日本电视上很受欢迎的益智比赛节目 *Up Down Quiz*，冠军拿到的奖品是去夏威夷的团体旅行票，是日航空姐边给佩戴花环边送上去的，多么富有戏剧性。能跨越太平洋到达北美大陆的，只有考取了富布赖特计划奖学金的精英分子，其他人只有向往的份儿。所以，连后来成为御宅族圣地的商场都要取"中野百老汇"那样崇美的名字。

同时，在我们的生活环境里，最常接触到的外国文化，其实是中国台湾、中国香港等华人的文化；当年日本跟中华人民共和国还没有建交。电视上的流行音乐节目，如《红白歌のベストテン》（《红白歌曲前十名》）、《夜のヒットスタジオ》（《晚上的畅销曲播音室》）等节目中，有台湾来的欧阳菲菲、Judy Ongg（翁倩玉），还有香港来的Agnes Chan（陈美龄）等。那些华人女歌星，连名字都特别到普通日本人无法准确发音。比如说，我母亲一直把欧阳菲菲说成"欧阳灰灰"，因为她唯一熟悉的日语里，偏偏缺席"f"音。那些华人歌星当时都唱日文歌曲，如欧阳菲菲的《下雨的御堂筋》、陈美龄的《丽春花》。她们的日语有独特的外国腔，很是吸引日本人，乃无意间形成迷人的异国情调所致。

一九七二年，我小学五年级的时候，日本跟中华人民共和国建交。对于从中国大陆来的第一个明星，我至今都印象特别深刻。那是一对大猫熊，叫兰兰和康康。为了看它们，东京上野动物园天天排上了长长的人龙。当然，我也去看了。

差不多同一时期，有来自香港的双胞胎组合"乐家姊妹"，在日本乐坛用了个艺名叫做铃铃兰兰，显然是学了大猫熊的。各留着左右两条长辫子的铃铃兰兰，打扮成北美印第安小女孩的模样，演唱的歌曲也叫《相思的印第安娃娃》，叫人搞不明白双胞胎到底属于什么种族、什么文化。实际上，她们是中美混血儿。尽管如此，两个女孩在电视广告中唱的"铃铃兰兰留园，铃铃兰兰留园，去趟留园，吃到幸福！"一段，在当年东京，可说脍炙人口。

位于东京电视塔附近芝大门的留园是一家超高级的中餐厅，我根本没福气光临，也根本不知道那家店是清末洋务运动的代表人物盛宣怀的孙子盛毓度经营的，更不知道如今被列为世界文化遗产的苏州留园曾经的确属于他们盛家所有。

横滨中华街的神秘语言

一顿中式晚餐，即使没有炒菜而只有主食和汤水，在当年日本人眼里，还是充满异国情调、叫人无限兴奋的饮食经验。

记得小时候，一到周末父亲就开车带我们去临近东京的横滨中华街，或者位于中心区银座的中餐馆万寿园，为的是好好吃一顿中国菜。

今天回想起来，有点好笑的是，我父母亲完全不懂得点中国菜，于是乱叫锅贴啦、烧卖啦、春卷啦、炒面啦、炒饭啦，也就是多种主食和点心，然后再叫一大碗玉米汤，以为画龙点睛了。至于甜品，始终只有一种：杏仁豆腐。我被父母带去中餐厅，似乎从来都没吃过什么炒菜。所以，有一次小姑夫妇带我和他们的独生女去位于新宿的东京大饭店，叫了一盘青豆虾仁，既好看又好吃，让我真是大开眼界了。连小孩子都懂一盘青豆虾仁绝对比锅贴、炒饭高级昂贵。无论如何，一顿中式晚餐，即使没有炒菜而只有主食和汤水，在当年日本人眼里，还是充满异国情调、叫人无限兴奋的饮食经验。

另一方面，我也非常喜欢横滨中华街那大红大绿的色彩，跟日本街头始终以素色为主的光景很不一样。到了年底，华人开的食品店，横梁上挂着腊肉来卖，其中有好像是压扁过的腊全鸭，我至今印象深刻，怎么也忘不了。因为平时在日本人开的商店里，连全鸡都很少看得到。日本人历来肉吃得很少，肉铺卖的鸡肉是解剖过的鸡腿、翅膀、鸡胸肉。甚至特地切开鸡胸肉中贴骨头的一部分，将其命名为"笹身（ささみ，sasami，意为"竹叶肉"）"而高价出售，因为那一块肉的形状看起来像一片竹叶而且肉质也最柔嫩。日本厨师会把"笹身"烫一下后冰镇，切成小块并配上绿芥末，弄成一盘"鳥わさ（tori-wasa）"供应。至于鸭子呢，日本商店甚少贩售，东京小孩只知道那是安徒生童话《丑小鸭》里的群众角色。何况是全鸭而且是压得扁扁的、油光光的腊全鸭，又不仅一只，是有好多只的，简直像南洋长的香蕉一般密集在一起的画面，对我有天大的冲击力，或者说是平生第一次的文化震撼了。

当时我没有口福尝到腊肉，因为父母根本不懂怎么做怎么吃。后来，去广州中山大学留学的时候，我才在当地朋友家里吃到腊鸭子，觉得味道鲜美，没什么可怕的。不过，我得补充：一九八五年广州街头的烧肉铺，挂卖着比腊全鸭更有冲击力的货色，即没头留尾的烤小狗。

在横滨中华街商店里工作的人，跟我们说日语有外国口音，但是他们彼此之间讲的到底是什么神秘语言，我很长时间都不知道。后来，上了早稻田大学，有个谭姓同学来自横滨中华学校，家人在伊势崎町开中餐馆。他告诉我：在中华街，讲福建话也就是闽南话的人占多数。原来，那些伙计们讲的，大概就是闽南话。

对中文一听钟情

　　真没有想到世上竟然有这么好玩的语言！我觉得，说中文简直跟唱歌一样舒服，而且有大脑里分泌出快乐荷尔蒙多巴胺、叫人出神的感觉。

　　一九八一年我念早稻田大学政治经济学系，作为第二外语选修了汉语。说起来好神奇，我在一年级第一学期的第一堂课上，就对它一见钟情了。更准确地说，我对它是一听钟情，因为最初吸引我的是汉语的声音，尤其是声调。

　　在课堂上，老师教我们说：妈、麻、马、骂。

　　第一声"妈"呢，好比是演员培训班的发声训练一样。在咱们早大大隈礼堂外，不是天天都有穿着运动服的男女一会儿翻跟斗，一会儿发出很大的声音吗？就是那个样子了。同学们，嘴巴大开，吸进空气，大声说"あー"。现在，大家一起说说看"妈"。好。

　　第二声"麻"呢，是当你吃惊，不敢相信自己的耳朵，自然发出抗议的声音时，就会说"えーっ?"对不对？就是用那个调子说"麻"。对了，对了。

　　至于第三声"马"呢，这是你听到别人讲话，佩服不已的时候，会说出来的"へーえ"，就是用那佩服的调子说"马"。不错，不错。

　　最后是第四声，学一下乌鸦即可。它怎么叫呢？"かー"，对不对？好，现在大家学乌鸦的调子给我说"骂"。好极了。

　　现在，把四个声调连起来说说看。"あー、えーっ、へーえ、かー"，"妈、麻、马、骂"。

　　我们做学生的都目瞪口呆。哎哟，原来这个世界上，有这么好玩的语言呢！从小就说有声调的语言长大的人，也许司空见惯，感觉不到吧。但是，我们日本人从小讲的是平坦到不可能再平坦的日语，あいうえおかきくけこさしすせそたちつてと，说话跟念经没有区别，结果越说越发困。

　　以我姓名あらいひふみ（Arai Hifumi）为例。曾经在加拿大的时候，有位老师问过我：在你名字中，重读音节是哪一个，是HIfumi还是hiFUmi，抑或是HifuMI？我只好老老实实地回答说：没有，全平，是hifumi。多么不好意思啊！相比之下，那"妈麻马骂"要说出来，首先得吸进很多氧气，然后说话要动的肌肉范围也特别广，从气管底下到口腔里各个地方的肌肉，全要动员起来。连舌头都一会儿得使劲说"了"，一会儿得卷起来煞有介事地说"人"。

真没有想到世上竟然有这么好玩的语言！我觉得，说中文简直跟唱歌一样舒服，而且有大脑里分泌出快乐荷尔蒙多巴胺、叫人出神的感觉。直到今天，我站在课堂上教日本学生汉语，每次都会非常开心，不由得高兴起来。

记得那天下课回家的路上，我们班的同学们，都彼此说着刚刚学会的中文客套话"麻烦你了！""不麻烦！""明天见！"等等，叫行人们诧异地注视：这批人怎么搞的？难道疯了是不是？除了年轻人确实容易疯疯癫癫以外，主要还是中文非常好玩所致。

那年在早大政治经济学系教我们汉语的是日本数一数二的中文音韵学专家藤堂明保先生。多年后回想初学中文的日子，我不能不觉得自己的运气特别好。藤堂老师当年还兼任饭田桥日中学院的院长，所以我也不久就开始在日中学院夜间部上课了。

在早大政治经济学系，第二个中文老师是当年刚从北京过来不久的杨为夫老师。杨为夫老师的教学方法，强就强在对北京话的发音要求非常严格，尤其对日本学生很难掌握的卷舌音，绝对不允许马虎。站在学生座位旁边，杨老师简直要把手臂放进嘴里似的严厉要求："把你的舌头弄成汤匙形状，然后往里，再往里，更往里，好，现在说给我听：这、是、什么、书？"当我们学外语时，掌握准确的发音至关重要，但是教发音却非常费事，很不容易。所以，我至今衷心感激杨为夫老师当年热心的教导。

中文好听、好看又好玩……

> 我和中文谈恋爱，刚开始的一年是全靠耳朵和嘴巴的。中文听起来很悦耳，说起来则由大脑分泌出快乐荷尔蒙来，令人特别高兴。

当年，我们刚入门第一年用的中文课本，是以汉语拼音为主，以简体字为辅。连我们用的《岩波中国语辞典》也像英文辞典一样，按照罗马字的顺序排列字词。比如说，要查"中文"，就查z-h-o-n-g-w-e-n，不外是为了叫日本学生专注汉语普通话的准确发音。

众所周知，日文也用汉字。日本的小朋友，在小学毕业以前，就要学会一千零六个汉字，在高中毕业之前，则要学好大约两千个汉字。虽然经过第二次世界大战以后的国语改革，当代日本汉字的字体，跟中国大陆的简体字或者在中国台湾、中国香港通行的繁体字不完全一样了，但是稍微花点时间就可以习惯，会看懂。这情形跟欧美大学生得从头学方块字，居然是两回事。日本人读起中文来，学习汉字的过程基本上可以免除掉。反之，重点在于：如何排除汉字的日本读音造成的干扰。要是把"中文"两个字，用日语发音念成

"ちゅうぶん，chuu-bun"，或者把"汉字"两个字念成"かんじ、kan-ji"，可不行，谁也听不懂。所以，教日本学生中文，藤堂老师的想法是：刚入门的时候赶紧抓好发音，把时间花在汉语拼音的读写上；过一年，到了中级阶段，再引进中文阅读都不迟。

我和中文谈恋爱，刚开始的一年是全靠耳朵和嘴巴的。中文听起来很悦耳，说起来则由大脑分泌出快乐荷尔蒙来，令人特别高兴。果然世界上，华人历来以爱说话闻名。我也马上受到影响，除了在学校里听听说说以外，回到家里还要听录音，甚至洗澡的时候也把录音机放在洗澡间的玻璃门外，听着播放的声音洗洗刷刷时而出神了。

我认为，恋爱的本质在于：在对方的存在里发现美。有人喜欢听音乐，觉得特定的旋律或者音色无比美丽；有人喜欢绘画，被特定画家作品里的美迷住了不能自拔。一个年迈的数学家在退休演说中说道：他中学时发现了数列之美，后来的五十多年都没有变心。喜欢运动或者骑摩托车等热爱户外活动的人，我也相信他们从中发现了某种美。

现在，我教日本学生中文，常提到：中文的"漂亮"两个字是"美丽"的意思。但是"漂浮"的"漂"和"光亮"的"亮"，加起来怎么会有美丽的意思呢？据说，是公元前的中国人把丝绸放在水里洗净的时候，看到光线反射，水中发光，觉得非常美。所以，他们后来用"漂亮"两个字来表示"美丽"。也许，你们之中有人谈过恋爱吧，请你回想一下，当你从远处看到他/她的时候，有没有发现，在众多人里面，只有他/她一个人显得特别亮？那就是古代中国人看水里的丝绸发现的美，显然视觉跟心理以及思维，全串在一起。美不美啊？所以，我跟中文谈恋爱呢。

言归正传，讲回我开始学中文的第二年。经过专门看拼音的春夏秋冬，教材上终于出现中文简体字了。我在课余时间自己看中文小说，是当年日本的一种教材，翻开看时，左边印着简体字原文，右边印着罗马字的拼音。那样子，边看小说就可以边学中文普通话的发音。如果遇到生词，按照拼音去查《岩波中国语辞典》也方便得很。就那样，二十岁的我看了鲁迅的《呐喊》、老舍的《骆驼祥子》、巴金的《家》、茅盾的《子夜》等以五四文学为主，中国一九二〇、一九三〇年代的经典作品。

鲁迅、老舍描写的世界，是二十世纪初，从清末到民国，用当年的说法就是解放以前的中国社会，跟我生活的一九八〇年代的日本完全不同，也一点儿都不像大红大绿的横滨中华街。反之，中国近代文学普遍很黑暗，却有独特的美，安静到几乎是无声且很深刻。一时我深受吸引，甚至有一次，在东京高田马场火车站对面芳林堂书店大楼地下的一家咖啡馆，边喝咖啡边看中文小说，忽然发觉自己心跳得特别快，脸都有点发热了。怎么回事呢？果然，我看中文小说时的生理反应，跟谈恋爱时一模一样。

可以说，从一听钟情开始的恋爱，当时就进入了第二个阶段。尤其与张爱玲的作品艳遇以后，我被中文之凄美与华丽深深迷住了。若说五四文学叫我看到了中文理性、男性的一面，张爱玲则叫我看到了它感性、女性的一面。总之，全部用汉字写的中文，一看就跟英文、日文很不一样。

英文用的是标音而不表意的罗马字，结果第一印象平静得犹如黑白照片，需要读者在自己的脑子里用手工把一个又一个标音文字像玻璃球一般串起来，整个画面才会变成彩色项链，从中浮现出各种故事来。至于日文，标音的两套假名和表意的汉字混合在一起，乍看就像纵横填字谜，叫人非得匆匆把假名表达的声音跟汉字表达的内容结合起来确定文意。

有一位大陆编辑说：日文因为夹着假名，给人不确定、暧昧的感觉，叫人不舒服。但是，同一件事情，由一位台湾编辑说来，倒成为：日文因为夹着假名，想象的空间很大，给人自由的感觉。相比之下，中文画面全由表意的汉字组成，包括象形和会意，一个又一个汉字都张着嘴巴自我主张，给人的印象好不热闹，就像横滨中华街的大红大绿商店招牌以及密密麻麻的腊鸭子。那感觉也很像香港茶楼里卖的很多种点心，或者说是英国庭园里盛开的种种花儿，又或者说是在托儿所窗户边等着妈妈来接回家的娃娃们。总之，叫我觉得非常亲切。

哆啦A梦的任意门

> 我开始把中文当作日本护照以外的另一本通行证，或者说哆啦A梦的任意门，大胆地走世界各地了。

上大学开始学中文以后，我的世界一下子扩大了。原来，在地球上，除了日语和英语以外，还有中文和其他语言，除了日本和美国以外，还有很多国家地区，五花八门的民族文化、生活方式。作为一则知识，我当然早就知道；可作为亲身经验，却是上大学以后才体会到的。例如，在日中学院执教的，除了中国籍老师以外，还有南洋马来西亚、新加坡来的老师们。我当年才二十岁左右，对世界历史、地理的理解非常有限，搞不明白为什么马来西亚人、新加坡人教中文。其中有一位陈志成老师对我人生道路的影响非常大，因为就是他给我介绍看香港杂志，而我后来的中文作家生涯，就是从那份香港杂志上发表的文章开始的。

当时，一九八〇年代初的中国大陆，改革开放刚开始不久。台湾地区也还没有解严，在蒋家王朝独裁下，有所谓"报禁"控制着言论活动。相比之下，香港杂志不仅属于民间，而且内容世俗得很。在我第一次买的一期杂志上，登着已故披头士主唱约翰·列侬的华裔女朋友——即他和日本籍太太小野洋子之间的第三者——写的札记。没错，完全八卦，而我一下子被它迷住了。中文啊中文，你除了好听、好看以外，原来还这么好玩啊！可以说，我当时就发现了：中文不仅仅是中华人民共和国的语言，时间上，它拥有悠久的历史，空间上，它通行于全球华人社区。

中文有世界性。这一则发现对我人生的影响无比大。英文是如今的世界语言，再有了中文，地球上行走的自由度又会大幅度提高。我开始把中文当作日本护照以外的另一本通行证，或者说哆啦A梦的任意门，大胆地走世界各地了。

最早的目的地是中国。我拿到中国教育部的奖学金，从一九八四年到一九八六年，前后两年在北京外国语学院（现改名为北京外国语大学）和广州中山大学留学。每到放假，我就背上红色大背包独自去各地旅行。中国是跟欧洲一样大的大陆国家，即使在汉族居民占多数的沿海地区，每个地方的方言之间仍有相当大的区别。上海话、福建话、客家话、广东话和普通话之间的关系，如果拿到欧洲去的话，好比是德语、法语、意大利语、西班牙语和英语的关系了。简单来说，彼此不通。

然而，在中国境内，大家除了母语方言以外，还会说在学校念过，在广播上、电视上、电影院里听到的普通话。所以，无论在黑龙江哈尔滨，还是在四川成都，大部分中国人都听得懂我说的话。那经验真的好过瘾。我发现：其实不少中国人每天都讲三种语言。比方说我去广东省顺德，即周润发的老家旅行时，在当地中旅酒店前台工作的女孩子，跟我讲普通话，跟同事讲顺德话，接电话时则讲省会广州的广府话，而且语言之间的切换完全自然圆满，简直像变魔术一般。

当年中国的物价还很便宜，加上公费留学生处处受到优待，所以，我才能够去离北京、广州很远的少数民族地区。第一次是内蒙古自治区的满洲里，乃中国和俄罗斯（当年苏联）的边境小镇。我是五月初劳动节假期去的，北京已经是初夏了，但是隶属内蒙古自治区的北国小镇仍在冬季，大湖泊中心结的冰还没有融化。街上看得到很多穿着民族服装的蒙古族人。他们住在五百公里之外草原上的蒙古包里，好不容易来到镇上办事情。族人彼此之间说蒙古语，但是跟汉人，跟我则说普通话。他们个子并不高，但是力气却特别大。看来蛮可爱的小伙子，开啤酒瓶不需要用开瓶器，用三根指头就开得了。

几个月后，我到了新疆维吾尔族自治区的乌鲁木齐、吐鲁番、喀什，乃从北京坐几天的火车，然后改坐两天的巴士越过塔克拉玛干沙漠去的。我从小梦想坐夜车、长途巴士一个人闯世界，这回儿时梦想成真了。那巴士的乘客大多是当地维吾尔族人，彼此说民族语言，但是念过书的人都会说普通话。维吾尔族是能唱善舞的民族，晚上巴士停在绿洲上的小旅馆过夜，他们吃完晚饭后，男女老少都随着小提琴伴奏跳起舞来，真有意思。而且跟他们在一起，就吃得到别处没有的西域美食，例如我在中国吃过的面条里最好吃的羊肉拉条子。那儿就是历史上闻名于世的丝绸之路，连马可·波罗、带着孙悟空的唐僧都走过。跟一批维吾尔族人一起旅游，好比自己成了书本里的登场人物，说印象深刻到一辈子难忘都一点也不夸张。

从新疆，我回到甘肃省会兰州市，赶紧吃两碗兰州牛肉面：一碗清汤加香菜的，一碗麻辣的。那是我在火车上认识的几个汉族小伙子介绍的，果然好吃到能跟新疆拉条子媲美，或者说是一个香妃，一个杨贵妃吧。我在兰州也看到了滚滚而流的黄河上游，真是跳进去都一定洗不清了。然后，匆匆搭上往西的火车去青海省格尔木市。窗外看得到牦牛，乃像披上了毛毯一般的牛，远处地面上则有白色如霜的矿盐，原来很久很久以前，青海高原曾是大海。且让我提醒你：青海高原在海拔三千五百米以上，也就是跟日本最高峰富士山顶差不多。确确实实是沧海桑田，没得说了。

从格尔木，我又坐两天的巴士越过海拔五千米的高山区去西藏拉萨。路上的故事也不少。例如，有几个法国人老跟着我，要我帮他们当翻译。人家要表达的永远是：bread and omelet（包子和炒鸡蛋）。极其简单的一句话，却需要找个会说中文和英文的人，才能叫厨师明白，否则得挨饿，搞不好还会饿死。刚去中国不到一年，我已经成了掌握着法国旅客生命关键的重要人物了。当地老百姓则以惊讶的眼光看我这个通多种语言的神秘外国妞。那里的山，炎夏八月还冠着雪，被太阳照着很像稍微融化的冰淇淋。藏族人的民族性格跟维吾尔族人恰恰相反，是非常严肃老实的。愿意说汉语的藏族人不是很多。当然，在旅馆、餐厅等地方，从事观光服务业的都会说汉语。

如果不会说普通话，我当年一个人背着大背包跑中国的边境地区，肯定没那么顺利了。我对边境和半岛情有独钟。后来也去了位于缅甸边境的云南省西双版纳，位于天涯海角的海南省三亚鹿回头等少数民族居住区，都是靠讲普通话来解决各种问题的。

用中文畅行华人世界

> 是否我前世是一个中国人？否则，说中文的感觉怎么会这么自然呢？不过，这也有点像恋爱了：彼此相爱的两个人，往往觉得，对方是前世来的老亲人，对不对？

去中国留学两年，我通过亲身经验深深体会到：中文在本质上是讲不同方言者之间的共同语言，好比中世纪欧洲天主教区的拉丁文。其实，公元十七世纪，进入中国的耶稣会传教士如利玛窦等，在写给罗马的书信中，就是把中文官话比喻成拉丁文的。而众所周知，当年中国官场通用的官话，通过十九世纪、二十世纪的几场革命和现代化，翻身为民国时期的国语、中华人民共和国的普通话。

相比之下，我的母语日文则相当于中国一个地区的方言例如上海话，具有明显的封闭性，跟中文的包容性呈现清晰的对比，乃普遍性层次之不同所致。当日本人听到外国人讲日语之际，一定会去注意哪怕一点点外国腔调，或者语法上哪怕小到不能再小的毛病。记得大学时，两位外籍老师对日文的封闭性气愤不已。一个是前面提到的马来西亚华人陈老师，他在日本待了十多年，日语说得很流利。但是，他一开口说话，日本人百分之百能够听出外国口音来，使得老师埋怨道：你们日本人的耳朵怎么那么挑剔？

另一位是早大法学院的西班牙语老师，他写过好几本日文书，日文掌握得特别好。可是，有一天，他在早稻田铜锣魔馆咖啡厅跟一个学生聊天，弟子指出来老师的日文用词上有点儿不自然的地方。我在旁边听到两位的对话。老师发怒道：你知道我是外国人，所以觉得非得纠正不可；倘若是一个日本人说了完全一样的一句话，你就不会觉得有错了，你懂吗？

抱歉，他不懂。日本人的耳朵就是自然倾向于排外，永远会识别出来外国腔调。相比之下，我在中国留学、旅游认识的很多很多人，几乎都夸我说：你中文讲得很标准！也许跟我在北京留学，受了北京腔影响有关系吧。不过，我觉得，主要还是大家把普通话当作一种"共通语"，也就是不同地方的中国人、海外华人都努力去学习而掌握的"人工语言"所致。所以，当一个外国人跟他们一样努力之际，很自然地一视同仁，竖起拇指说：很棒！而不会像日本人那样钻牛角尖，非得找出不一定存在的毛病不可。

回想当年，唯一对我说的中文评价偏低的一群人，果然是土生土长的北京人。在他们看来，北京话才是最地道的普通话，北京腔永远高高在上。对于外地人讲的中文，人家的耳朵跟日本人一样小心眼、排外得很。听出了哪怕一点点外地口音，老北京就一刀两断说：南方人！这样的情形其实到处都有。上海人对苏北来的外地人也很严厉，绝对听出来他们讲的上海话里渗入的哪怕一点点苏北口音。对北京人来说，北京话是他们村儿里的语言，正如对上海人而言的上海话，对日本人而言的日本话。可是，全世界讲汉语、普通话的十三亿人当中，绝大部分都把普通话当作跟外地人沟通而用的"共通语"，跟自己村儿里的语言，如顺德话、广州话，本来就是两回事、三回事了，所以根本不存在对外国人排斥的动机。

总而言之，中文普通话很有包容性，通行度很高，是不折不扣的事实。因为老是被大家夸奖中文说得好，我的自我感觉越来越好，结果中文进步得相当快，直到有一天开始想：是否我前世是一个中国人？否则，说中文的感觉怎么会这么自然呢？不过，这也有点像恋爱了：彼此相爱的两个人，往往觉得，对方是前世来的老亲人，对不对？

讲中文让我自由

中国境内通行普通话是理所当然吧，可是出乎我意料，其实中国境外很多地方也通行中文普通话。

我从中国回日本以后，当了半年的新闻记者，而后又到加拿大多伦多念书去了。谁料到，在多伦多大学英语进修班上课的第一天，我就结识了刚从北京来的女同学，交上了好朋友。她弟弟当时念多伦多大学研究生院硕士课程，是已经在当地待了好几年的老手了。我通过他们姊弟认识了好多中国留学生、访问学者等。他们是"文化大革命"熬过来的一代，小时候没有好好读书的环境，所以邓小平一复出，高考恢复就报名，外国留学一开放，马上就想办法办护照出国。果然，那一批人的向上心和意志力都非常可观。

在多伦多，除了中国来的留学生以外，还有不少来自中国台湾、中国香港、马来西亚、新加坡、菲律宾、印度尼西亚等地的华人学生。我跟他们也都用普通话交流，感觉上比讲英语亲切多了。记得有一个印尼华侨告诉我，印尼政府不允许华人学普通话，所以他的中文能力很有限，可是越受压迫，作为华人的身份认同越强，仍然很愿意用中文跟别人沟通。

我在加拿大待的六年半时间里，跟加拿大人讲英语，跟日本人讲日语，跟中国人、海外华人则讲普通话。曾经在东京中野寿司店后面生活的孩提时代，我连做梦都没有想到，自己长大以后，不仅会去比夏威夷还要远的北美东部，而且要讲三种语言愉快地过日子。学会说几种语言，我觉得是天大的福气；去不同的地方旅游、生活很方便，也可以交很多朋友。中文有句俗语说：多一个朋友，多一条路。我觉得，多一种语言，多很多自由。中文的优点有：好听、好看、好玩、包容性高、具有世界性。但是，对我来讲，最重要的是它给了我很多自由。

自由包括行动上的自由和内心的自由。先讲行动上的自由吧。在多伦多中心区，当时日本食品店只有一家"SANKO"而已，但是唐人街的食品店则多如牛毛。要买大米、豆腐、干面、酱油、咖喱块、红豆面包以及日本药品如正露丸、表飞鸣等，我都去华人开的商店买；品种比日本商店多，价钱还便宜很多。要剪头发，我都去华人开的美容院。听起来简单吧？但一般日本人是做不到的，因为语言不通，有心理障碍。其实，当年多伦多的华人老板不一定会说普通话，很多都说台山话等我听不懂的广东方言。但是，华人圈子挺有趣的，彼此的方言互不相通是司空见惯、再正常不过的事情，所以尽管语言不通，交易照样成立，很正常，没什么问题。

我后来在加拿大蒙特利尔、温哥华、美国西雅图、纽约、英国伦敦、法国巴黎、越南胡志明市等地方逛过当地唐人街，都觉得一样自如，也就是享受到行动上的自由。有一次，我去马来西亚沙捞越州古晋市，在一个大商场里的华人商店买东西。商店里有四十岁左右的母亲和十来岁的女儿。那小朋友听到我讲的华语，就小声跟母亲说，这个人说话有点不一样啊。我心里想：那可不。我万万没想到的是，那母亲对孩子回答说：马来人吧。我长得像马来人吗？这种小小的生活插曲给我过的日子增添了味道，好玩极了。

讲回在一九九〇年代初的多伦多，我因中文而感到的自由吧。就是当时当地，我开始为香港中文杂志定期写专栏，即《九十年代》月刊上的"东西方"。那是英国殖民地香港快要回归中国的日子。回归以后的前景不明了，所以好多香港人都移民去了加拿大。结果，我把在多伦多生活中的所见所闻，尤其是牵涉到移民生活的种种写成文章，香港读者都看得津津有味。叫我惊喜的是，正如我最初在东京被南洋华人老师介绍看了香港杂志一样，在两万公里之外的北美加拿大，也有好多华人看香港杂志的。当时多伦多一共有五条唐人街，每条唐人街都有一两家中文书店卖香港杂志。另外，除了多伦多大学、约克大学的图书馆以外，当地几所公共图书馆也都为华人居民订阅了杂志。所以，我一个日本人住在多伦多，每个月从唐人街文具店买来原稿纸，一个字一个字地爬格子写成的文章，以航空邮件寄到香港去，半个月后在杂志上刊登出来，果然在我周围都有不少人看到。因为我的名字较少见，被"发现"的几率倒很高。比方说，在唐人街上有个朋友叫我："新井！"旁边的陌生人马上问道："难道你就是新井一二三吗？"

那是还没有网络的年代，搜寻信息仍依靠传统媒体如报纸、杂志、电视、广播等。当时，住在海外的日本人，看完了一份杂志都不敢随便丢弃，因为不能确定下次什么时候才买得到日本出版的杂志。这不是夸张的。我从日本去加拿大的时候，在皮箱里装了几本日文书，后来在多伦多住的六年半，不知道重复看了多少遍。虽然华人的人际网比较起来大而密，可当时在海外的华人对中文杂志，还是一样珍惜的。我很幸运，能够在人们珍惜的媒体上开始了中文作家生涯。

中文陪我离家出走

> 大伙儿以为母语很重要，虽然没错，但是在某种情况下，人也会觉得受不了附着在母语上的文化环境而开始逃避母语。我从大学时到三十几岁，走的就是那么一条逃避母语的道路。

我从日本到中国，然后又去了加拿大的目的，除了留学、扩大视野以外，还有一个因素，就是离家出走。年轻时对自己的国家、自己的家庭感到别扭，所以远走高飞，并不是少见的事情吧。我的漂泊基本上是个人性质的：对于日本社会长期觉得规矩太多了，喘不过气，想要去远处自由地呼吸。

刚开始会讲中文、英文的时候，我就发觉讲外语的感觉很自由。当我们讲起母语来，自动地被种种社会规矩约束，结果往往不能说出真正想说的话了。尤其在日本社会，孩子和女性的地位比起成年男性低很多，所以随心所欲讲起话来，马上挨批评道：没大没小，哪有规矩？然而，讲起外语尤其像英语、中文具有高度普遍性的一级"共通语"，村儿里规矩约束的程度低很多了。随心所欲讲讲话，人家至多以为外地人、外国人不懂规矩，仍处于"化外"状态而已。一个日本女孩子，一直生活在规规矩矩的日本社会，从乖乖女成长为贤妻良母，恐怕一辈子都没有机会随心所欲讲话了。怪不得在日本常听到一个好女人上年纪后患上了痴呆症，压在心底几十年的牢骚一下子爆发出来，再也不可收拾。我一个远亲老太太过了八十岁得了痴呆症，马上就不认得伺候几十年的丈夫，要求把房产的登记名义从那不认识的丈夫改变成她本人。面对无法控制情绪的病人，先生也只好听从，还好不至于被离婚。

光光会说外语就带来很大的内心自由，开始用英文、中文写文章来发表以后，我拥有的自由空间进一步扩大了。如果用母语书写的话，连思考都不能允许自己思考的众多内容，例如对母亲的不满、对社会文化的愤怒等等，用外文书写起来，对外国读者会是很有趣的文化观察。是的，离母语的环境远一点点，那永远约束我们的村儿里的规矩就蒸发掉了，古老东方的论资排辈、重男轻女，由外人看来居然是：没那么严重吧？也确确实实没什么大不了的。

法兰克福学派心理学家艾里希·弗洛姆有一本著作叫《逃避自由》，乃研究分析二十世纪上半叶的德国人为什么被纳粹主义吸引。弗洛姆指出：大伙儿以为自由很好，但是在某种情况下，人会觉得受不了自由而开始逃避自由。我则觉得：大伙儿以为母语很重要，虽然没错，但是在某种情况下，人也会觉得受不了附着在母语上的文化环境而开始逃避母语。我从大学时到三十几岁，走的就是那么一条逃避母语的道路。

　　所以，对我而言，中文书写来得很自然。我小学一年级就知道了：阅读和书写能带我去另一种更大、更自由的时空，乃那一年的班主任仓田照子老师通过每天批改学生的读书日记叫我们体会到的。所以，我从小的志愿就是做作家，在初中、高中、大学都做了校报、校刊的撰稿人、编辑。从中国留学回到日本，出版了留学札记《中国中毒》。到了加拿大，还读过 Ryerson Journalism School（赖尔森理工学院新闻系）。我知道使用外文会扩大内心的自由空间。所以，对外文书写充满期待，很积极地尝试了各种门道。在当地的 *Toronto Star*（《多伦多星报》）、*The Idler Magazine*（《懒人杂志》）等英文报刊上发表散文，我发现当地的主流社会对亚洲移民的经验与观点蛮有兴趣，加拿大不愧为标榜多元文化主义的国家。替香港的中文杂志写专栏，我由此知道了华人读者们对日本事务也非常有兴趣。

　　当初，我觉得自己跟日本文化格格不入，所以远走高飞也要逃避母语环境。然而，到了一万公里之外的加拿大多伦多，我却发觉：自己对日本社会、文化的知识，或者在日本长大、受教育的经历，一旦用外文写起来，简直是挖不尽的题材宝库。新闻学院的犹太裔英文老师就劝我一定要订阅日本的文化杂志，使得自己能不停地接触到日本最新的文化动态。这个发现，有点像法国作家梅特林克写的童话《青鸟》里，兄妹俩要到远处寻找幸福，最后却发现家里养的那一只就是幸福的青鸟，所需要的只是在不同的光线下看一看。

当时我也接了加拿大航空公司机舱杂志的日文版编务，再加上写散稿赚来的钱，就足够一个人在教堂街上租小小的公寓生活了。我开始以笔维生，能够自我介绍说"I'm a writer"以后，接触当地文艺界的机会增加，我在多伦多过的日子变得丰富多彩了。通过当地杂志的编辑，认识了小说家、摄影师、制片人、画廊老板等五花八门的人物。我运气特好的是，当时的多伦多有很多"洋插队"的中国知识分子，包括演员、导演、诗人、舞蹈家、画家、音乐家等专业人士，都把我当自己人看待，主要由于我会用中文跟他们沟通。太棒了。

常有人问我学了多长时间的中文。答案是：我在中国留学的时间其实不到两年，除了在北京外国语学院和广州中山大学的课堂上课以外，还在各地的长途火车、公共汽车上，通过跟各地老百姓的交流打好了中文基础；后来到了加拿大，又把多伦多"洋插队"的中国知识分子们当教练，通过跟他们的日常交往实地练习中文的时间，则长达六年半了。其实，当上了中文作家以后，我每天为了写作查辞典的次数比之前增加许多。我认为，语言能力和查辞典的次数会成正比例，甚至外语能力压根儿就是查辞典的耐心也说不定。

我学会乐于寂寞、甘于寂寞

——我和中文一起生活

成为香港周刊特派员

在人口七百万的弹丸之地，有十多种中文报纸，而且很多报纸的副刊天天刊登好几个专栏。在香港，专栏作家的人数比世界任何城市都多；至少当年确实如此。

一九九四年，我从多伦多搬到香港去有几个原因。首先，我觉得加拿大太冷了，冬天太长了，想去暖和一点的地方。记得那年冬天多伦多的气温算入风寒指数，天天下降到零下二十五度。我忍受不住，便去了古巴避寒一周，那里的气温高达二十五度，跟多伦多竟相差五十度。其次，我还是很喜欢中文，想在中文环境里生活。第三，我对香港回归中国的过程很有兴趣，想在当地亲眼观察，亲身体验那段很特别的历史时期。第四，我在多伦多认识的中国朋友们，当时恰好"洋插队"期满，拿到了加拿大护照以后，其中不少就往经济景气好又临近内地的香港去了。在华人圈子里，往香港去，可以说是那年很流行的事情。

既然在加拿大生活了六年半以后搬过去，我本来打算到了香港后找份英文相关的工作。所以，在一个老同学家放下皮箱后，我马上出去买了一份英文《南华早报》。当时每星期六的报纸中间都夹着很厚的分类广告，包括征人启事。我向几家媒体、公关公司寄履历表，其中最早有回音的果然是中文《亚洲周刊》，通过一次面谈，我就当上了他们的香港特派员。

就那样，我平生第一次在华人企业上班。虽然在广东话通行的香港，而且属于当地明报集团旗下，《亚洲周刊》却是用普通话营运的单位。同事队伍里，除了当地中国香港人以外，还有中国台湾人、中国大陆人、新加坡人、马来西亚人，以及从欧美回来的外籍华人。后来在香港文艺界打出名气的江迅，当时也刚刚从上海转来。记得我上班的第一天，向各位同事打招呼，来自中国台湾的副总编辑马上反应说：原来是个京片子。不知道人家是褒的还是贬的，我自己感到很高兴也很骄傲，因为曾度过一年青春岁月的北京，感觉上的确是我的第二个故乡。其他同事们纷纷告诉我，每月都看我在多伦多写的专栏文章。

我在《亚洲周刊》待的时间不长，才几个月而已。在那一段时间里，印象最深刻的差事是有关越南难民的专题报导。当年香港有好多越南难民被关在收容所里，过着没有隐私、被剥夺人权的日子。记得港英政府的白人高级官员跟我公然说道：对于难民，不适用一般概念上的人权。我也去收容所里采访，那里有智力很高的华裔兄弟帮我当翻译。他们会说越南话、粤语、普通话和英语，能力突出，却没有用武之地。

从《亚洲周刊》辞职以后，我成了百分之百靠稿费生活的自由作家。虽然也接日本媒体、当地英文媒体的稿约，但是从此以后，用中文书写的稿量远远比日文、英文的稿量多了。当地华文报纸《星岛日报》《信报》《明报》《苹果日报》等纷纷约稿，另外有《信报财经月刊》《明报月刊》《姊妹》等杂志的专栏，我一下子就有了一个月五十多篇的稿约。那可以说是当年香港的特殊情形所致：在人口七百万的弹丸之地，有十多种中文报纸，而且很多报纸的副刊天天刊登好几个专栏。所以，在香港，专栏作家的人数比世界任何城市都多；至少当年确实如此。有那么多专栏园地，其中一部分请外籍作家来书写，该说顺理成章，何况香港是闻名的国际大都会。在香港媒体上，比我早用中文写专栏而受欢迎的外籍作家有澳大利亚籍的学者白杰明先生等。我的第一本中文书是到了香港的第二年，一九九五年初出版的《鬼话连篇》，是之前在多伦多时写的专栏文章集结成的书。

我在香港待的三年半时间里，写了好几百篇文章。其中，在《九十年代》月刊一九九六年二月号上发表的《香港社会的"人格分裂"》一篇引起的反响最大，后来被收录在台湾一所高等院校为外国人开办的华文进修班的教材里。当年，为台湾历史上第一次的"大选"，我从香港去台湾做采访，糊里糊涂之间还搭上了飞往马祖的小飞机，在连居民都撤退了的离岛，过了孤独的一夜。记得我从空荡荡的马祖街头给东京的男朋友打电话，对方很天真地说："今天接到前线来电的东京人只有我一个吧？"我马上纠正他说道："哪止于东京呢，是全日本，还说不定是全世界，因为我是留在前线的最后一个外国记者呀！"那次很特殊的经验，显然对我理解台湾很有帮助。

劝我去台湾亲眼目睹华人世界里第一次"台湾大选"的，是当年还在纽约联合国总部工作的作家张北海先生。一九九五年初，我为日本NHK电视台的纪录片节目*NHK Special*，从香港去纽约唐人街做了有关"人蛇"即中国非法移民的采访。摄影团队在纽约待的时间长达好几个星期，我偶尔一个人溜出去跟朋友见面。我和张北海先生以及他的另三位同事，都是在《九十年代》月刊上写专栏的同仁。虽然神交已久，可直接见面谈话，好像那才是第一次。在纽约唐人街餐馆聚会的时候，我从他们嘴里亲耳听到了当年国民党高干的公子们，如何在美国深造期间遇上保钓运动而申请中华人民共和国护照，结果被写在国民党黑名单上了。感觉犹如看到活着的历史书。

几个月以后，我已回到香港，张先生则要通过香港去小时候住过的重庆。他小时候，就是八年抗战国民政府撤退到内地的时期。听说日军轰炸重庆超过五百次。做日本籍中文作家是多么尴尬的事情。幸好个子高瘦的张先生器量大得很，到了香港，带我去见以深居简出闻名的当地作家钟晓阳，然后还带我去他侄女张艾嘉家的派对！

跨越内地和港台的作家生涯

> 中文媒体、出版界分布于大陆、台湾、香港，我的中文作家生涯，从香港开始，经过台湾，二〇〇五年终于抵达中国大陆。

一九九七年七月，香港回归中国，我则回归日本。当时我刚刚结婚，在东京安顿下来，马上发现肚子里有了孩子。日本虽然是家乡，但是前后十二年，我都在中国内地、加拿大、中国香港生活。再说，第一次当上母亲，我对日本的生活以及工作环境觉得有点陌生。

记得老大儿子刚出生不久，我接到了诗人杨泽从台北打来的越洋电话。原来是《中国时报》人间副刊"三少四壮集"的稿约。一周一次的专栏开始上报后，我又很快接到台湾来电，果然是刚刚成立不久的大田出版社总编要跟我谈出书事宜。一九九九年，我的第二本中文书《心井·新井》由大田出版。之后，我写了前后三次的"三少四壮集"。编务从最初的杨泽，由焦桐、刘克襄轮流接棒，叫我惊叹不已：《中国时报》到底雇用了多少诗人、作家呀！那可是报纸头版上出现小公仔之前的时代。

台湾的报纸，虽然没有香港那么多，但是也有《中国时报》《自由时报》《联合报》等几份，我都定期写过专栏。当初还有国民党直接经营的《中央日报》，约我写了一年的书评专栏"书海六品"，后来集结成《读日派》一书。《国语日报》则是给小朋友看的报纸，每一篇文章每一个汉字旁边都附着注音符号。我给他们写了一年的"东京书迷录"，后来集结成《123成人式》，乃是我的著作里较受欢迎的一本，后来也由江西教育出版社、上海译文出版社，出了两个简体字版本。

在日本，学过中文的人可不少。尤其从一九九〇年代起，除了英语以外，最多日本人学的外语就是普通话了。我比别人幸运的是，大学时拿到奖学金去中国留学，有机会学习地道的中国话；然后，在多伦多住的六年半时间里，继续跟中国人、海外华人交朋友，并开始为香港杂志写专栏；转到香港以后，经过《亚洲周刊》上班的日子，接到了香港、台湾多份报纸的稿约。再说，通过写作，我见到了很多大人物。例如，香港文坛上名气很大的老文人：胡菊人、戴天、陆离。通过"日本通"蔡澜，见到了金庸先生以及旅居香港的日本奇女子羽仁未央。讲当地广东话的文化人，我本来不太认识的，后来经未央认识了刘健威、陈也、尊子。经老刘又认识了也斯、长毛、杜可风。我在台湾从来没有住过，所以直接交朋友的机会有限。只是住在香港的时候，参加媒体旅游团，去了一趟台湾，行程是当时做超级电视台副总裁的陈冠中安排的。那团里就有张小娴、陶杰，到了台北则跟杨泽、平路等当地文人聚餐，也有机会跟杨德昌喝杯啤酒。还有一次在台湾，替一份日本杂志展开为期一周的采访活动，见到了何春蕤、陈文茜、徐璐、黎明柔……后来搬回日本，靠着当初的传真机和后来的网络，都有幸跟《中国时报》的诗人们合作。中文真像哆啦A梦的任意门，有了它，就能到很多地方，认识很多人。

中文媒体、出版界分布于大陆、台湾、香港，我的中文作家生涯，从香港开始，经过台湾，二〇〇五年终于抵达中国大陆，在北京《万象》月刊上发表了一系列文章，其中最早写的"我这一代东京人"成了我的招牌、名片。后来，广州《南方都市报》也邀我写为期一年的专栏"东京时味记"。我不能不去想"缘分"这回事，因为北京和广州，就是我年轻时曾留学的两个城市。所以，来自两地的稿约，给我的感觉犹如久违的家信。

东京郊外的中文作家

> 我天天居家坐在书房，面对电脑屏幕打键盘，写的到底是什么东西，身边包括亲朋好友是没人知道的。这说不定是早期逃避母语的一个副作用吧。那么我得学会乐于寂寞，甘于寂寞。

记得十八岁那年，我高中毕业却没考上大学，在东京代代木的补习班待了一年。有一天，在语文课上，老师说了一句：学外语能吃饭。那句话给我留下了特别深刻的印象，我牢牢记住了。第二年上大学，其他科目我不能说读得多认真，只有作为第二外语选修的汉语，比谁都努力学过。当年还没有电子辞典，更没有网络，我把买来的纸本中日辞典、日中辞典，一本一本地查坏，同时一点一点地扩充了词汇。然后，大学四年级去中国留学，两年后回到日本时，对一般水准的沟通，我已经不觉得有困难了。那年如果没被报社录取，我都考虑上半年的课去做职业翻译。

因为从小喜欢写作，能当上中文作家，我觉得非常幸运。尤其刚回日本，在东京郊区定居下来就发现自己有了身孕，八个月以后抱上第一个小娃娃那一段时间里，我能够一路维持写作，最大的原因是我的编辑都在大海那边，想见都见不着，根本开不得什么会，只要写好文章用传真机或后来的电脑网络交上去即可。

从一九九九年起，我在台湾每年都出一到两本书，也长期在各家报纸上写专栏，在宝岛读书界，我逐渐有了点名气。而且在台湾发表的文章，也会给香港、大陆、南洋各地的媒体转载，托中文的世界性之福，我在很多地方有了读者。

具有讽刺意义的是，偏偏在我住的日本，几乎没有读者书迷。在广大日本人当中，中文水平高到能自由阅读的人少之又少。个别来自台湾、大陆的朋友们，收到我寄过去的书，会看，会说喜欢，但跟一般读者还是不一样。结果，我天天居家坐在书房，面对电脑屏幕打键盘，写的到底是什么东西，身边包括亲朋好友是没人知道的。这说不定是早期逃避母语的一个副作用吧。那么我得学会乐于寂寞，甘于寂寞。

从二〇〇五年起，我任职于明治大学，教的是初级到中级的普通话。为了给学生们看，我写了一本日文书《中国语はおもしろい》（《中文很好玩》），由讲谈社出版。书中介绍我自己从日本经中国大陆、加拿大到中国香港、中国台湾，一路学中文、交朋友、写文章过来的幸福历程。幸亏，这本书卖得还行，生命力够强，已经十余年都在日本各家书店的书架上，叫作者几乎每年都听得到新读者的读后感。

在二〇一五年夏天，我应邀去香港书展演讲，在会场见到了一位新加坡记者。后来，她介绍我去做二〇一六年新加坡文学四月天活动的主讲嘉宾。通过几天的交流活动，我有幸认识到蔡志礼、林高等当地重要的华文作家。新加坡是中文这个任意门帮我打开的最新一个华人地区，也是我大学三年级的时候，给我介绍看香港杂志的陈志成老师后来搬去的地方。记得他是马来西亚出身，来东京外国语大学读硕士，在爱知大学、日中学院等几所日本高等院校教汉语后，跟一位日本籍女老师结婚，双双回南洋发展去了。

回顾我过去三十五年学中文过来的一条路，实在有很多恩人：早稻田大学、日中学院、北京外国语学院、广州中山大学的老师们；我在中国大陆、加拿大、中国香港、中国台湾各地交上的朋友们；跟我邀稿的各家媒体编辑们、当地同行们；还有一直鼓励我写下去的可爱读者们。学会说中文，叫我能够去不同的地方旅游、生活、工作；学会写中文，叫我在各地拥有了知音。

我一贯深感中文很好听、很好看、很好玩、通行度很高，也在行动上和内心两方面都给了我很大的自由空间。日本人不习惯说"我爱你"。不过，我们所说的"谢谢"（ありがとう）一句话倒包含着英文"I love you"的意思。谢谢中文。谢谢我通过中文认识的所有朋友们。

从中文俗语学人生真理

> 我以往事业不如意的时候，常告诉自己李白说的一句话，"天生我材必有用"。反之，出了点名气却马上成为众矢之的的时候，只好说着"人怕出名猪怕肥"来安慰自己。

学外语会扩大我们的世界。每套语言都有自己的文化，所以每一门外语自然就成为通往另一种世界观的门路。

例如，中文俗语说"多一个朋友，多一条路"，对从小讲汉语长大的人来说，该是理所当然的道理吧。可是，对日本人来说，并不如此。在日文里，跟朋友相干的俗语中，最常听见的是"類は友を呼ぶ"，跟中文"物以类聚"差不多，贬多于褒，印象很消极，犹如"朱に交われば赤くなる"，即中文"近墨者黑"。所以，当第一次听到"多一个朋友，多一条路"之际，我觉得非常新鲜，好像视界一下子扩大了很多。原来，朋友不仅会把我们引上邪路，也会帮我们往外发展。这跟日本人最怕"给人家添麻烦"的心态实在很不同。

又例如，中文俗语"有得必有失"，在日文里也没有意思相同的说法。这句话反之像英文的"You cannot have a cake and eat it too"（不能保留蛋糕的同时把它吃掉）。我之所以喜欢它，因为个中的道理有物理学的根据。好比"物极必反"这句话，也叫人联想到物理学家摆坠子的实验，合理得显然没有反驳的余地，跟日本俗语常见的精神主义呈现明显的对比。

自从开始学汉语，我从中文俗语学到了不少人生真理。例如"好汉不吃眼前亏，好马不吃回头草"。那是我看老舍原作的话剧《茶馆》演出时记住的。一种很合理、很健康的处世方法，在日本文化里却没有类似的说法。也许是武士道影响所致吧，日本人有甩不掉的自灭倾向，犹如十九世纪的思想家吉田松阴所言：虽知如此定失败，情不得已大和魂哉（かくすれば、かくなるものと知りながら、止むに止まれぬ大和魂）。哎！

于是，日本荣格心理学第一把交椅，已故河合隼雄先生在《心的处方笺》一本书里，要提倡合理性处世方法时，说的是一句"既然要跑，该放下一切"。意思很清楚，就是劝你不要依依不舍地吃着"回头草"。可惜，还是没有马回头那样视觉化的效果。"很具体"而"视觉化"是中文俗语的强势。像"跳进黄河也洗不清"这句话，每次听到，在我眼前就出现一个人穿着本来白色的一套内衣，不知为何糊里糊涂地跳进黄河，出来的时候全身呈现黄色的尴尬画面。

我总觉得中文俗语的世界观比日文俗语的乐观、幽默，例如"车到山前必有路，船到桥头自然直"。我非常喜欢个中的乐观心态。辞典说，这句话翻成日文便会是"穷则变，变则通"的意思。但是，实际上，出自《易经》的这句话，现代日本人一般都不明白。反之，生活中，更多人用的是美国式的假西班牙语句子"Que Sera Sera"。这是一九五六年的希区柯克电影《擒凶记》的主题曲，歌词重复地唱"Que sera sera, whatever will be will be"。记得辛亥革命那年出生的我已故的姥姥一直将这句话挂在嘴边。我这次查询才得知西班牙语的造句有问题，但绝大多数日本人都不知道。总之，意思接近"车到山前必有路，船到桥头自然直"就是了。

有趣的是，日本丰田汽车公司在中国刚开始做生意的一九八二年，就打了广告说"车到山前必有路，有路必有丰田车"。好幽默的一句文案，确信不是日本人想到的。如今上中国网络搜寻"车到山前必有路"的后句，未料出现的答案竟是"有路必有丰田车"！

说到幽默的俗语，我就喜欢"老王卖瓜自卖自夸"，相当于日文的"手前味噌"（自我吹嘘，说自己家做的味噌特别好吃），但是画面具体得多了，简直那老王的表情和堆得高高的西瓜都想象得出来。

听起来不大文雅的俗话，表达出来的人生哲理，有时会给人活下去的勇气，例如"好死不如赖活着"。这么说，活下去不再需要什么正当的理由了，多么好。

我以往事业不如意的时候，常告诉自己李白说的一句话，"天生我材必有用"。反之，出了点名气却马上成为众矢之的的时候，只好说着"人怕出名猪怕肥"来安慰自己。有这一句话比没有强不知多少。当家人亲戚带来麻烦的事情，则在嘴里喃喃自语"家家有本难念的经"，会觉得自己并不孤独。是的，只要能感觉到自己不孤独，人生就可以活下去了。

中文俗语和日文俗语的差距，有时来自环境之不同。比如说，中文讲的"瘦死的骆驼比马大"，翻成日文便是"腐っても鯛"（腐败了还是鲷鱼）了。果然是大陆环境和岛国环境之不同产生了两个乍看很不一样的俗语。想起来都很不可思议，一九八〇年代初，我去北京留学的时候，郊区黄沙飞扬的马路上，还偶尔看得到关外农民拉着骆驼进城的画面，因为骆驼能载的货物比马多很多。近距离看了几次骆驼以后，就自然晓得"瘦死的骆驼比马大"指的是什么意思。同一条路（也就是如今的北京西三环路）上，当时也看得到毛驴。近距离看了几次后，对当地点心"驴打滚"的取名要"拍大腿"了。奇怪的是，"拍大腿"翻成日文是"膝を打つ"（打膝盖）。这句话说得太奇怪了，因为打了膝盖，手肯定会疼！

中秋月上捣年糕的兔子

在日本，中秋明月上的兔子不是捣药而是捣年糕的。这是因为，中秋赏月的习惯从中国传到日本来了，月亮上的兔子形象也传到日本来了，但是"嫦娥奔月"的故事则丢在东海上空。

有一天，老公从外面回来，好兴奋地告诉我："今天听说，长崎人扫墓时是放烟火的！""真的吗？"我听了目瞪口呆，因为从来没听说过日本有这样的习俗。我们在东京每年几次为祖先扫墓的时候，要带的只有一桶水、一把花儿、几把线香，如此而已。至多有人带死者生前喜欢的香烟、食物等。但是，烟火？从来没听说过。老公看到我惊讶的表情，进一步补充说："烟火也不是用手拿的'线香花火'（纸捻花），而是往天空放射的'火箭花火'呢。"啊，原来如此！

长崎不愧为江户时代日本仅有的四个对外开放港口之一，历来有中国大陆、中国台湾、东南亚等地的华人贸易船到来。据说，在江户初期即公元十七世纪初的长崎，总人口六万中，华人人口多达一万。他们要么出身于"三江"（浙江、江苏、江西），或者出身于福建，把华南文化传到日本来了。所以，如今全日本只有长崎人扫墓放烟火，肯定是华夏文化的影响所致。

其实，我在侯孝贤早期的作品《冬冬的假期》里就看过，苗栗铜锣人过中元普渡，除了家家摆桌以外，还会不停地放鞭炮和烟火。想起那画面来，长崎的习俗也似乎顺理成章，没什么好奇怪的了。不过，对大多数日本人来说，扫墓该是安静、沉重的场合。相反地，说到烟火尤其"火箭花火"，不外是夏天穿上"浴衣"（棉布和服）跟朋友一起赴"花火大会"凑热闹看到的东西。一静一闹，在脑子里怎么也配合不上来。但实际上，全日本最有名的"隅田川花火大会"就是从江户时代为安慰流行病死者的灵魂开始的，只是如今的日本人忘记其来历罢了。

日本的传统文化，很多都来自中国。早期有从日本去中国的遣隋使、遣唐使，中期有去宋朝取经的和尚们，然后有江户时代长崎迎接的众多唐船，都运输了物品和文化。所以，日本的传统节日，如元旦、"豆撒"（立春前晚撒豆驱邪）、端午节、七夕、盂兰盆节、中秋赏月等，没有一个不是来自中国。奇怪的是，日本人忘记了这些节日的来源，普遍地确信是"国粹文化"。也许是江户时代长达两百年的"锁国"政策所致，也许是近代日本夜郎自大的风气所致。总之，闹出笑话来都往往不知道有什么好笑的。

比方说中秋赏月吧。明治五年（一八七二）以后的日本，一口气废弃农历而彻底改用阳历，所以如今在日本的挂历上也好，报纸上也好，哪儿都没写着农历日期了。平时，这样过日子没有什么问题；然而，本来以农历日期为标准的传统节日怎么过？这可以说是日本全民性的笑话，已经闹了一百五十年。

　　日本的端午节，日本的七夕，日本的盂兰盆节等，都是在阳历五月五日，阳历七月七日，阳历七月十五日强行的。可是，中秋赏月就很难了。要是阳历八月十五日过节而天上没有圆月的话，可怎么办？再说，阳历八月十五日还是酷夏，根本不是中秋呢。对此，日本官民采取的办法是：首先，把中秋日期改为阳历九月十五日。这样子，至少比阳历八月十五日多了些秋意。然后，每年到了阳历九月中旬，就通过电视新闻节目或气象预报，告知全体国民今年月亮哪一天圆满。如果心急了，也可以上网查查看，你会发现日本有很多"旧历御宅"早就算好"二〇××年的中秋圆月是哪一天"。

　　即使身边没有"旧历御宅"的朋友也不要紧，每年到了九月，日本的传播媒体一定告知国民哪一天可以看到一年里最美的望月。秋天空气清澄，只要该晚天晴，月亮就显得额外清楚了。电视播音员也绝不忘记告诉大家：月亮上捣年糕的兔子，今晚可看得清清楚楚啦。没错，在日本，中秋明月上的兔子不是捣药而是捣年糕的。这是因为，中秋赏月的习惯从中国传到日本来了，月亮上的兔子形象也传到日本来了，但是"嫦娥奔月"的故事则丢在东海上空。结果，凝视着在月亮上使劲挥杵的兔子形象，古代日本人共同下的结论就是：中秋望月上的兔子在捣年糕。

究竟为什么捣年糕，从来都没有解释。反正，中秋赏月嘛，要找来芒草插在瓮里，然后把团子和蒸芋头叠成金字塔形状，就准备好了。日本超市虽然有卖月饼，但是没有人告诉日本民众那是中秋赏月时该吃的应节食品。那么，日本人到底什么时候吃月饼？当然一年四季都吃啊。日本月饼发祥地，东京新宿的中村屋面包店就是一年三百六十五天都卖月饼呢。

明治维新以后的日本社会，走"脱亚入欧"路线，结果导致了忘本悲喜剧。直到今天，日本人都讲"地支"却忘了"天干"，知道自己属虎还是属龙，但是对于甲乙丙丁完全没谱。在历史课学过"辛亥革命"，却不知道"辛亥"指年份。大家对甲子园的高中棒球大会很熟悉，却不知道"甲子"也指年份。

当有人问我为什么学中文，我都回答说，欧洲知识分子一定要学拉丁文，循着一样的道理，亚洲知识分子也一定该学中文，因为都是各自文化的渊源。望着中秋明月想象上面捣年糕的兔子，也许傻乎乎得可爱，但至多卡哇伊而已吧？

风靡一时的月琴消失在日本

> 明治时代的学生、文人，要么自己一个人或者跟朋友们一起弹着月琴唱"清乐"歌曲，简直像二十世纪的大学生、社会青年们纷纷拿着吉他唱美国民谣、披头士歌曲一般常见、普遍。

在日本明治大学给学生们看电影《海角七号》，总有人问我："茂伯弹的那乐器叫什么？"果然，二十一世纪初的日本年轻人对月琴完全没有印象。于是，我给他们讲：那是从中国大陆传来的四弦乐器阮咸，到了中国台湾后变成了二弦月琴；尤其在屏东恒春地区流行，如今恒春镇有"月琴之乡"的别名；最有名的曲子是当地的盲人琴手陈达一九六〇年代灌唱片的《思想起》；他有原住民祖母，所演奏的曲子里也有"平埔调"等受了原住民文化影响的作品云云。

年轻学子们不知道，但其实十八、十九世纪，在德川幕府统治下的日本，月琴曾风靡一时，乃坐"唐船"到长崎来做贸易的"唐人"们，逗留期间给"丸山艺伎"传授的"明清乐"传播到日本各地去的。原来，江户时代的日本社会，"士农工商"的阶级区别划分得很严厉：武士阶级碰不得属于庶民的三弦，反过来庶民碰不得专属和尚的尺八等。相比之下，从国外传来的"明清乐"超乎阶级和性别的划分，其重要乐器月琴又较容易学会，总的来说自由得很，犹如一九六〇年代发自美国而风靡一时的民乐。于是《茉莉花》《九连环》《算命曲》《四季》《纱窗外》等俗曲，当时许多日本人都弹着月琴用原版中文歌唱，有音乐史家认为成了如今日本很流行的"演歌"的源流。

江户时期的主要开放港口长崎，到了十九世纪所谓"幕末"时代，有许多爱国志士跑去要跟当时为数几百的外国人接触。至今很受欢迎的历史明星坂本龙马，据说也去过十多次长崎，总共待了一百天以上。其中一次，他还带着新婚妻子楢崎龙去，当自己忙于跟同志们联络并策划推翻幕府的时候，把她托在当地的文化富商兼革命赞助者小曾根干堂家。他女儿小曾根菊恰巧是月琴名手，导致楢崎龙迷上弹着月琴歌唱"清乐"。著名作家司马辽太郎写的小说《龙马行》里面，就有楢崎龙演奏月琴娱乐新婚丈夫的场面。今天，位于龙马故乡高知县高知市的纪念馆，展览出曾属于坂本龙马的一把月琴，而且偶尔举行演奏会。

月琴在日本的流行延续到明治时代。当时的学生、文人，要么自己一个人或者跟朋友们一起弹着月琴唱"清乐"歌曲，简直像二十世纪的大学生、社会青年们纷纷拿着吉他唱美国民谣、披头士歌曲一般常见、普遍。十九世纪的自然主义作家，其长篇随笔《武藏野》至今仍令人难忘的国木田独步，就留下了一个人在房间里弹月琴想东想西的描述。

然而，曾经那么普及的月琴，忽而从日本社会上消失。那是一八九四年甲午战争打起来的时候。新兴国家日本人民的爱国热情燃烧到脑袋来，社会上，突然间视月琴为"敌性乐器"了。根据著名诗人萩原朔太郎在《日清战争异闻——原田重吉的梦》里的叙述，竟有人向月琴师傅家扔石头，骂人家为卖国贼。结果，怕受牵连的日本人纷纷把乐器卖出去，旧货店门口挂着的众多二手月琴，看起来犹如一大堆晒干的花枝一般。可怜，文化在政治面前完全无力。

一百多年后，来自中国的"女子十二乐坊"有一段时间在日本很受欢迎，首张专辑*Beautiful Energy*卖了将近两百万张。以流行音乐形式演奏中国音乐的美丽女子们，主要是拉二胡，弹琵琶，弹古筝，打扬琴，吹笛子。虽然资料上有弹中阮的臧晓鹏，她作为"女子十二乐坊"成员活动的时间似乎不长，很快就回北京中央音乐学院去，继续走古典演奏家之路了。中阮属于阮咸类，起码形象上跟月琴有所相似。可惜，日本人重新发现圆月形乐器的机会错过了。

所以，看着《海角七号》，日本学子们觉得茂伯弹的那个乐器真有点特别。他们到了台湾，有机会看到月琴吗？到了长崎，其实坂本龙马的妻子楢崎龙寄宿并学了月琴的小曾根家至今仍有子孙。在当地，"明清乐"被指定为"无形文化财（文物）"，由"长崎明清乐保存会"同仁给年轻一代传授下去。

学外语能吃饭

上了大学开始学中文，我学得格外努力，除了"跟它谈恋爱"以外，另有一个因素，就是：学外语能吃饭。

"学外语能吃饭"，这一句话是我十八岁上代代木补习班的时候，教现代文的堀木老师说的。啊，原来如此。我听后马上存于脑中的记忆库里去了。上了大学开始学中文，我学得格外努力，除了"跟它谈恋爱"以外，另有一个因素，就是：学外语能吃饭。

现在回想，堀木老师说的一句话，影响了我一辈子。不过，我最初靠它吃饭的其实是母语日文，然后是英文，最后才是中文。

我从中国留学回来以后，加入日本大学生的"就职活动"行列，顺利考入了《朝日新闻》，该是中文成绩突出的缘故。然而，开始工作以后，完全没有机会用中文。不仅如此，还有上司特地在大家面前跟我说清楚：绝不让你做中国特派员。是百分之百的职场霸凌。

我决定提交辞呈去加拿大读书；这回得自己挣钱生活了。上完了三个月的多伦多大学英语补习班以后，看当地报纸的分类广告，得知日文报纸《日加时报》在招记者，于是报名，接着被雇用。当时，多伦多有三份日文周报，《日加时报》是其中历史最短的一份，老板夫妇是四十岁左右的第一代移民，雇用四五个日本女性。我成了除老板夫妇以外唯一的记者，主要任务是去采访日本社区的活动，回到报社写成文章。

我在那里待了五个月，然后上了约克大学政治学研究生院，本来要看看自己是不是做学者的材料，结果给弄成半个精神病人了。主要是英文能力不够，看学术书太辛苦，要写论文连打字机都不会用，在图书室当助理，人家说的一句话到底是玩笑还是挖苦都搞不清楚。加上北国的冬天太长、太冷，人际距离很远，去大学的辅导室，值班的心理医生说：你回国就好了。我哪里有脸就那样回国去？不如先退学再想想下一步怎么走。

当时，在日本，昭和天皇去世，年号变成了平成。那是我前半辈子里最冷漠的冬天。然后，我再找另一家日本人开的媒体公司"Japan Communications Inc."去上班，做英日翻译、主持日语广播节目等。开始做翻译工作后，我很快就发觉自己的日文能力明显比别人强。说起来也许理所当然，毕竟我是从大学时起就为商业媒体写文章赚稿费的，也出过一本书，还当过专业记者。原来在国外，我的日文能力可以换来金钱。

那是全世界大变动的一九八九年：在德国，柏林围墙倒下来，接着东欧社会主义国家一个一个都倒了。换句话说，天天发生着大事件。我想回到新闻界去，于是开始上当地大专赖尔森理工学院的夜间部，成功地读完了一学期的课程以后，正式申请入该校全日制新闻系。那时，我已经二十九岁了，比同学们大了十余岁，还好班上还有三个同学比我年纪大，其中最大的是六十岁的退休护士。

在新闻学院，跟我最要好的朋友是当地出身的华人女生汪瑛。她父亲是中国人，母亲是新加坡人。汪瑛是跳级上的大学，比其他人还年轻，而且由于脊髓肌肉麻痹，从小坐电动轮椅走动。我跟小十几岁的汪瑛学到的事情很多。当时的我对自己的英语能力还没有信心，不知道怎么措词时，请求汪瑛的意见。例如，刚在学校食堂买了一杯热茶，却被一个男同学撞到，茶杯掉了。我该怎样责备他才对呢？汪瑛告诉我：I believe you owe me a cup of tea（我相信你欠我一杯茶）。厉害不厉害？她毕业后做了加拿大广播公司的电台节目监制，跟青梅竹马的男同学结婚，还生了一个可爱的女儿。

几年后，我住在香港的日子里，替日本电视台去纽约唐人街访问中国偷渡客，发现那些"人蛇"遇到的困难、荒谬事件特别多，例如家乡的亲人被绑架勒索等。这到底是怎么回事呢？那时候，在当地协助我们的华裔记者告诉我：就是人穷多见鬼。

那一句中文俗语说得太对了，偏偏日文里没有意义相同的成语。没有成语并不等于没有事实。说实在，我在加拿大刚开始的几年里，遇到的倒楣事件也非常多。虽然我在经济上从来没有真正窘迫过，但是，单单一个外国女子在人生地不熟的异邦，又不大会说当地语言，就很容易陷入"人穷多见鬼"的田地了。果然那两三年，我的心情一直不佳，好比头上始终罩着黑云。然后，有一天上新闻学院的课，我忽而发觉：刚刚老师说的一句话，我从头到尾每一个词儿都听懂了。那时，我抵达加拿大已过了两年九个月。

我去中国留学两年，跟中国人的沟通基本上没有问题了。相比之下，学好英文的过程，既漫长又曲折。若从初中一年级开始学英文算起的话，中学六年、大学四年，再加上到了加拿大以后的两年九个月，经过总计十二年九个月的苦学后，终于敢说学会了。

对自己的英文能力有了信心，我开始做媒体工作了。例如，替加拿大航空公司编机舱杂志的日文版；替多伦多日本商工会编会报等。旅居加拿大的日本人不多，移民到了第二代、第三代则不大会说日文了，更何况读写。在那么个情况下，我的日文能力算是珍宝。差不多同一时间里，我也开始用英文写散文发表在当地报纸、杂志上；在多元文化社会加拿大，谈移民经验，涉及到跨文化观察等话题的文章，始终有需求。不久，香港杂志上的中文专栏都启动了。就那样，我专做媒体工作就能凑到足够的钱生活，不用上新闻学院了。

然后，我离开多伦多，搬去香港了。在香港，旅居日本人可不少，我的日文能力大概不会有"物以稀为贵"的优势吧。所以，打开周六《南华早报》的分类广告栏目，我找英文媒体、公关公司的征人启事，寄出了好几封履历表。出乎预料之外，最早有反应的是中文《亚洲周刊》。总编辑说看我的专栏早已知道我快要搬来香港，并一口答应支付跟我在加拿大时一样水平的薪水：一个月三万五千块港币。说实话，我真有点吃惊了，因为之前听朋友们说：在英国殖民地，英文工作待遇好，中文工作收入低。也没有错。《朝日新闻》香港特派员告诉我：他们付给当地助理的薪水是每月一万，乃不够独立生活的。反之，每月有了三万五千，就能租个小公寓过中产阶级生活了。恐怕我是外国人的缘故，做中文工作都适用外文待遇。我想起来代代木补习班的堀木老师说的那句话：学外语能吃饭。老人家说得真有道理。

在香港，跳槽是家常便饭。我在《亚洲周刊》待的几个月里，一个一个同事都提交辞呈换工作去了。有时，工作人员跟上司吵起来，一方拿出支票本开张相当于两个星期薪水的单子，就当场炒鱿鱼；那在当年香港不仅合法而且常见。本来当采访主任的郑镜明，去了《星岛日报》以后，约我写"边缘人"专栏，帮我找来了其他报纸、杂志的稿约。香港媒体给不同的作家付不同水平的稿费。给我最高稿费的是《苹果日报》：一个字两块港币。那么，一天写五百字，一个月写三十余篇，就等于上班赚来的薪水了。

回归中国前夕的香港，经济好得不得了，传媒业又挺发达。后来，我替台湾媒体、大陆媒体写稿，酬金都没有超越过当年《苹果日报》的水平。另一方面，我一九九七年回日本以后，几乎专门替台湾报刊写稿、由台湾报社出书，也勉强保持了中产阶级的生活水准。后来开始去大学教书，是为了确保孩子们长大以后的学费，光光要赚生活费的话，以笔维生并不是不可能。

这么多年来，我能用中文写文章生活，其实有两个重要的因素。首先，中国的经济逐渐发达，收入水平迅速提高；其次，网络的普及，使越境通讯变得既方便又廉价。一九九七年我结婚之前的一年里，在东京、香港两地之间，打国际电话花的钱竟达三百万日圆，即当年我年薪的一半以上。现在呢，几乎免费了。

我这辈子遇上的恩师有好几位，告诉我"学外语能吃饭"的堀木老师绝对是其中之一。如今我自己在大学教书，每一学期都不忘告诉年轻学子们：学外语能吃饭。

叁

从没有想过，他们会成为
中国第一支摇滚乐队
——我爱北京摇滚乐

一九八〇年代的"中国梦"

谁料到，没有几年工夫，他们一个一个地走上中国摇滚乐的大舞台，尤其当年跟我互称"小三子""小武子"的丁武翻身为大名鼎鼎"唐朝"乐队的主唱！

二〇一六年年初，日本著名的音乐评论家、早稻田大学教授小沼纯一先生来邮件问我：能否在即将召开的研讨会上谈谈一九八〇年代中国的次文化、青年文化？因为对方是音乐专家，我便自然地往音乐的方向去想：能否谈谈一九八〇年代中国属于次文化、青年文化的音乐？然后想到：一九八〇年代中国属于次文化、青年文化的音乐，难道不是有当年的"不倒翁"，也就是后来组织"唐朝"乐队出大名的丁武他们的故事吗？

一九八五年在北京，认识到当地头一批摇滚分子们的始末，我在中文书《独立，从一个人旅行开始》中的《青春，北京的摇滚分子》一章里写过。在刚刚留学结束，回国后不久的一九八六年年底出版的日文书《中国中毒》里也有一篇题为《北京的摇滚少年》。当年，他们还没有取得批准公开演奏，所以，文章只写到：我为他们取的乐队新名称"中国梦"遭到了否决，因为大家觉得是"梦"就不能成真了，但愿哪一天他们的"中国梦"能够实现。谁料到，没有几年工夫，他们一个一个地走上中国摇滚乐的大舞台，尤其当年跟我互称"小三子""小武子"的丁武翻身为大名鼎鼎"唐朝"乐队的主唱！

对了，对了，好像是一九九四年，我住在香港时，"唐朝"和当年所谓的"魔岩三杰"即窦唯、何勇、张楚，在九龙红磡体育馆举行演唱会，博得了当地歌迷的疯狂喝彩。我趁机对丁武进行访问，发表在当地杂志上了。在访问里，他给我讲，当年如何组织乐队，后来又怎样从地下爬到地上的。记得我拍的他的头像，还登在杂志封面上。那篇访问，后来收录在哪本书里了？把它找出来，在研讨会上用日文去讲，也许能够补充这方面的日语资料。

但是，找来找去，我以往出版的二十多本中文书里都没有那次的访问。亏我这些年在台湾、大陆出的书主要针对日本社会、文化的观察；有关华语圈的专书几乎没出过。虽然在《独立，从一个人旅行开始》一书里，有一部分谈到我在中国留学时的经验，但是分量不多，在《青春，北京的摇滚分子》中真正谈到他们的部分其实不到一千字。尽管如此，我去中国见面的几个年轻编辑、记者都异口同声地提到那一段，说道："新井老师，你好像是伯乐呀，怎能看出来他们后来会成为大明星呢？"果然，我那些老朋友们真的出名，成为了一代中国人都知道的明星了。

实际上，我根本不是什么伯乐，也没有什么眼光，当年在中国首都，想搞摇滚乐的就只有屈指可数的那一批人，包括丁武和后来被称为"中国摇滚乐教父"的崔健。

怎么办？二十年以前的杂志文章，我在文件夹里都没找着。另一方面，我在网络上查看得知，他们受到的评价似乎愈来愈高，如今已开始写进历史记述中，被誉为"中国摇滚史的大神级人物"了。老天不负有心人。我忽然想起来，住家隔壁的日本国立一桥大学图书馆收藏着大量有关中国的资料，香港殖民地时代末期的重要杂志，它该整套都有。我听过一位老师讲：一桥大学的前身东京商科大学创立的时候，合并了旧东京外国语学校，而曾在那里执教的汉语老师们，则个个都出身于江户时代的开放港口长崎，家族代代担任日中翻译官，包括郑成功弟弟后代的家族在内。如此的历史，估计跟图书馆里特别丰富的中国研究资料有关联吧。总之，离我家走路五分钟就到的地方有著名建筑师伊东忠太设计的一桥大学图书馆。伊东也是个欧亚大陆探险家，就是他发现了云冈石窟。

一九三〇年竣工的一桥大学图书馆，是罗马风格的石头建筑，想利用馆藏资料的话，只要填写表格、出示身份证就能进去。果然在"杂志栋"五楼的开放书架上，有我二十年前写给香港杂志的文章，而且在正对面的书架上，还有整套《新青年》，是一九一五年陈独秀在上海创刊，成为五四文学重要园地的杂志。我随手拿出其中一本打开看，结果大吃一惊；中国共产党早期的领袖瞿秋白，第一次从法语原文翻译过来的中文版《国际歌》之歌词与简谱，就登在那一期。太巧了！因为"唐朝"乐队的代表作品之一就是摇滚乐版《国际歌》。

北京有摇滚乐吗？

那儿是剧场天花板上的阁楼，本来应该是当仓库用的空间，再上去就是屋顶阳台。当天，那空间里有七个小伙子，都二十出头，个个都高瘦，个个都留着长发，个个都微笑着。

"我今天上街认识了一个当地小伙子，说是搞摇滚乐队的。他约我明天去看他们排练。你要不要跟我一起去？"在北京外国语学院的留学生楼，住在我隔壁房间的日本留学生千绘，有一天问我。那年代，留学生楼一层接待处墙上贴的"工作人员须知"中有一项说：内外有别。意思是，中国人和外国人身份不同，适用的规则也不同。如果违反，会有麻烦。所以，一般中国人对外国人是敬而远之的。我们留学生认识到的当地人，除了老师以外几乎只有学生，跟社会青年相识的机会不多，何况是搞摇滚乐的。

"北京有摇滚乐吗？"当初我不敢相信，因而出于加倍的好奇心，第二天和千绘以及两个女同学，一块儿去了位于王府井北端的首都剧场。那里是北京人民艺术剧院的根据地。他们上演的老舍原作《茶馆》非常有名，我看过后印象特别深刻，有件事记得很清楚：在每一个场面，无论到了什么时代（清朝、民国、日据、美国管制……），茶馆墙上一样贴着字条说：莫谈国事。那天在剧院旁边的楼梯下，等着我们的是一个高瘦个子的小伙子，穿着牛仔裤，挺酷、挺帅的。他自我介绍说叫严钢，然后带我们上剧场外面的楼梯，一直爬到最高层去。那儿是剧场天花板上的阁楼，本来应该是当仓库用的空间，再上去就是屋顶阳台。当天，那空间里有七个小伙子，都二十出头，个个都高瘦，个个都留着长发，个个都微笑着。

我后来想起的他们，脸上永远是笑容。也许跟那年北京的风气有关吧。改革开放刚刚启动，大家对未来抱着既谨慎又诚恳的希望。中国人仍然普遍贫穷，但给人很干净的感觉。七个小伙子是：严钢、李力、王迪、丁武、小季（李季）、小臧（臧天朔）、秦奇。他们有一套摇滚乐器，电吉他、电贝斯、电子合成器、鼓，等等，是我在北京第一次看到。那天王迪唱莱昂纳尔·里奇的*Hello*，李力则唱蔡琴的《恰似你的温柔》，小臧就弹键盘唱自己写的一首《我祈祷》。大家异口同声地说："想听尽可能多的外国流行歌曲，最好是摇滚乐，拜托。"我们当场就答应："好啊，好啊，从日本带来的音乐卡带全都拿来借给你们听。"

后来，我几乎每天下课以后，都到首都剧场阁楼去看他们排练了。说排练，他们并没有具体的演出计划。其实，当时在中国大陆，还没有中国人、中国乐队公开演奏过摇滚乐。一九八一年，日本的GODIEGO乐队在天津演出，算是摇滚乐在中国的先驱之一。第二年谷村新司带领的ALICE乐队在北京演出。然后，就是以*Careless Whisper*一首歌轰动全球的英国威猛乐队，一九八五年四月在北京工人体育场演出，叫一万五千名中国听众受尽西方摇滚乐的洗礼。但是，当地人组织的摇滚乐队能否取得当局批准，到底可不可能举行公开演唱会，当时仍然是个未知数。所以，平时快乐的七个小伙子们，一被问到日后的计划，就变得寡言，摇摇头，叹息。

我当时刚到北京才半年左右，还听不大懂中国话，尤其是儿化音很多的北京话。何况，天黑了以后，他们吃着晚饭彼此说的竟是四川话！说起来都很神奇，虽然个个都在北京长大，但他们多数人的母语却是四川话，因为父母是四川人。大伙儿算是同乡，彼此的家长又都属于同一个文艺工作团，以致小朋友们在同一个院子里，同一个单位宿舍里长大。他们从小受中西音乐的熏陶，怪不得给人很有修养的印象。音乐世家的子弟们，是到了青春期才发现西方摇滚乐的。在那七个人当中，好像只有丁武的父母亲不是四川人。除了我以外，只有他听不懂四川话。结果，我们俩单独说话的机会较多了。可以说，那一段时间，丁武是我的中文家庭老师，记得他也教过我唱一首歌曲《大海航行靠舵手》，是把毛泽东思想比成革命舵手的。

那年在北京，托改革开放之福，个体户餐厅开始出现，在西单大街南边，开了个家庭经营的川菜馆。七个摇滚青年结束了一天的排练以后，就去那里吃饭喝啤酒，气氛比凡事死板、动不动就给女服务员喊"没有！"的国营餐厅放松得多了。之前在北京，只有一家国营的四川饭店，为四川出身的高级干部服务。至于还在地下的年轻摇滚分子们，则在人行道上放置的折叠式圆桌边尽情吃鱼香肉丝，喝北京啤酒，谈中西音乐，不亦乐乎。

他们乐队的名字暂定为"不倒翁"，跟邓小平的外号不约而同。我没问过他们那队名是否就取自同乡首长。可是，记得在一九八四年十月一日，在长安街天安门前举行的建国三十五周年游行上，大学生们主动举起了写着"小平您好"的纸牌。属于同一世代的摇滚分子们，对两次被打倒两次复权的矮个子首长一样有好感也不奇怪吧，何况都是对鱼香肉丝情有独钟的四川人。

重见摇滚老哥们

> 记得丁武曾告诉我："北京老百姓，拿画画儿的叫傻子，拿搞音乐的叫疯子。我离开单位开始搞音乐，妈妈说，你现在是又傻又疯了。"

将近十年以后，我在香港重见了丁武。他已经是"唐朝"乐队的主唱，中国很有名的摇滚音乐家了，那次来香港参加"一九九四摇滚中国乐势力"演唱会。二十余年后的今天，那晚的演出被说成是"中国摇滚乐最辉煌的时刻"。当时我恰好做当地媒体的专栏作家，中文根基也比留学时代厚了点儿。这回才有能力和机会问他自己和"不倒翁"的何去何来。

丁武的父亲是祖籍江苏的空军老干部，母亲则是北京人。我记得他有一次带我去看过住在老胡同里的姥姥。他自己是一九六二年十二月三十日在北京出生，还没上学之前，就遇上了"文化大革命"。六岁的丁武就跟着父母去东北"五七干校"，乃根据毛泽东发出的"五七指示"，把党政机关的干部和知识分子下放到农村去接受贫下中农再教育，换句话说是进行劳动改造、思想教育的地方。丁武说："当时父母天天忙于干活，挨批斗，根本顾不得孩子。社会又不关心孩子。所以，我们这批'干校的孩子'是在没有爱的环境里长大的。"果然，登在《九十年代》月刊一九九四年十二月号的访问，题为《在没有爱的中国长大，麻木的北京给我创造欲——摇滚乐队唐朝的灵魂人物丁武》。

以"文化革命"的名义被夺去读书的机会，十岁回北京时，丁武还不识字。去学校，又主要替党支部画政治宣传的海报。他的创造能力，显然最初发挥在美术方面。下课以后去少年宫参加绘画班，丁武认识了后来的乐友王迪。他们的中学时代，毛泽东去世，邓小平复出，北京开始有电视机、录音机了。有一天，他听到朋友放的迪斯科音乐而受到震撼，觉得非常美，马上去王府井乐器店买了一把二十块钱人民币的国产木吉他。然后，就跟王迪两个人一起上私人办的古典吉他学校，除了学演奏技术以外，还学了乐谱、和声、乐理等。丁武说："一开始就想搞摇滚乐的，但我是画画儿出身，知道搞艺术基本功非常重要。"另一方面也有现实的需要。当年北京市面上根本没有摇滚乐谱卖，所以只好向中央美术学院的留学生借卡带，然后边听边一首一首地记谱下来，用他们的术语就是"扒磁带"。他天天跟王迪一起"扒"音乐磁带，很快就学会唱披头士、滚石乐队、美国乡村音乐等的十几首歌了。当时他们不懂英文歌词，只懂旋律与和声而已。我觉得，他们跟普通的中国人或者跟西方的摇滚青年稍微不同，因为特认真、特老实，甚至给人很单纯的印象。

这也许就是艺术家气质了。

一九八二年，丁武从学校毕业。在当年中国，工作是由国家分配的，他被分配到职业高中去教美术，王迪则被分配到世界音乐画报出版社上班。他们俩组织了第一个乐队叫"蝮"，是取自李白的一首诗。丁武说："那种虫子能爬得很高，我们要学它的精神。还有，披头士也是一种虫子，甲壳虫吧。"搞乐队需要乐器和设备，光光有工资是远远不够的，于是两个美术青年天天画一张两毛五的风筝，设计挂历，还画插图，几个月后才买到第一把电吉他，一百五十块钱人民币。然后也要买贝斯、鼓、录音机、麦克风、音响、磁带……他说："当时在北京搞摇滚音乐的人很少，在外面碰到弹吉他的人就觉得特别亲切，马上聊起来。就那样听到了北京歌舞团有吹小号的崔健，还有文工团宿舍子弟组的乐队，那就是早期的'不倒翁'。"

在计划经济时代的中国，职业音乐家都属于国家单位，正如所有作家、演员、运动员一样。社会主义政权下，没有独立音乐家的概念，更何况是摇滚乐队。他们想搞乐队，想演奏摇滚乐，想公开演出，都需要钱。可怎么办？正好，中国流行音乐开始兴起，各文工团也需要新的设备了，于是美国一家乐器行在北京举行展销会。丁武一个朋友在会上认识深圳一家公司的负责人，大胆地向他提出成立私人文工团的建议：公司先给他们提供乐器、设备和排练场所，然后他们演出给公司赚钱。就那样，一九八四年"不倒翁"乐队正式成立，丁武、王迪都马上辞职来参与了。

记得丁武曾告诉我："北京老百姓，拿画画儿的叫傻子，拿搞音乐的叫疯子。我离开单位开始搞音乐，妈妈说，你现在是又傻又疯了。"也有道理，在当年中国，离开单位意味着连身份都变得很可疑。好在三十年后的今天，一度教他母亲慨叹不已的"不倒翁"乐队，居然被中国的年轻一代肯定为"不仅是内地第一支尝试用电声器演绎现代音乐的乐队，也是内地摇滚真正意义上的奠基者"（《中国摇滚编年史》）。我就是那个时候认识他们，却没有意识到小伙子们正在创造历史。他们不仅是音乐艺术方面的先驱，也是音乐产业化的先驱，引进、推动了西方式的音乐家以及音乐产业的概念。

社会主义下的单位包罗一切，正如属于文工团的四川人既是同事又是邻居，而且是跨世代的命运共同体。所以，离开原属单位，不仅失去了工作而且还失去了住房。怪不得"不倒翁"中几个人就住在首都剧场阁楼的排练场里。他们的财物很少，衣服只有一套，内衣只有两套，用手洗好了就拿到屋顶阳台上去晾晒。尽管如此，只要能搞自己喜欢的音乐，他们很快乐，脸上永远挂着甜蜜的笑容。可以用一句话来概括他们的生活方式给我的印象：活得潇洒。

记得有几次，北京歌舞团的小崔即后来的"中国摇滚教父"崔健，带着小号来排练场。他当时跟歌舞团的同僚们组织"七合板"乐队，乃七个成员系着蝴蝶结领带合唱。他们灌过一张唱片，最著名的一首歌是美国电影《毕业生》的插曲《斯卡伯勒集市》。还有，本来在广播交响乐团拉大提琴，当时正转向要成为演员、歌手的孙国庆，则像"不倒翁"成员的大哥那样，经常来排练场跟他们聊天，或在角落里一个人弹吉他。然后到了傍晚，大家一块儿出外，到那四川馆子或者到西四延吉冷面店，吃鱼香肉丝或者吃朝鲜冷面和麻辣狗肉。最后是谁有钱就谁付钱，显然采用一种共产制度。当时在北京还没听说过什么AA制。

深圳是中国最早期的经济特区，在北京仍不批准的经济活动，到了南方特区则可行。公司方面决定派"不倒翁"乐队到深圳一家酒店去演出，连火车票都买好以后，却临时取消计划了。我估计，公司老板想的是浪漫矫情的港台流行歌曲，可是小伙子们要搞的是自己创作的摇滚乐，两者之间存在的不是小误会而是大鸿沟，果然越谈越纠缠。公司关闭了首都剧场阁楼的排练场，失去了窝的几个人只好去北京火车站过夜。薪水都停发，使得一穷二白的丁武全身起了疹子，乃营养不足所致。他真的连吃馄饨的两毛钱、坐公共汽车的五分钱都没有，是我认识的人里面最穷的一个了。一个原因是他家人不在城里而住在郊区南苑机场附近的空军干部休养所。最后"不倒翁"解散，他们早期的梦破灭。

中国第一支摇滚乐队

> 四个成员的平均身高超过一米八，而且都披着长及腰部的直发，可以说是中国视觉系乐队的先驱，既帅又酷。

一九八五年八月底，我离开北京，转学到广州中山大学去了。临走之前，丁武给了我一张水彩画，是在天蓝色的底上摹写敦煌石窟壁画的，其中有仙女弹着琵琶。我把大张画儿卷起来用手拿着上飞机，不小心忘在头上的柜子里了。第二天打电话去中国民航局询问，没结果，我长期为此感到遗憾。

香港的电台用我听不懂的广东话播音。还好，那年很流行一首国语歌，乃著名公益曲《明天会更好》。我多年以后才得知那是罗大佑作曲、张艾嘉等人作词、由六十名台湾歌手合唱的。当时只知道这是一首普通话歌曲，根本没想到是台湾歌曲。我的中文还挺差的，取得信息的能力也很有限。每晚每晚重复地听着《明天会更好》，除了歌名以外，歌词只记住了一句"妈妈张开你的眼睛"，其实应该是"慢慢张开你的眼睛"。羞愧！

到了广州，我收到了丁武他们去"走穴"的消息。但"走穴"是什么？十年以后在香港访问他，我才搞懂究竟是怎么回事。他说："当时，文艺团体的改革开始了，大家要自己赚钱，自力更生了。所以，纷纷打一些歌星、影星的牌子去卖票，然后组织两个小时的节目，在小地方的体育馆演出杂技、小品、相声、流行音乐。说是活跃祖国各地的文化生活，其实内容特别杂。"丁武帮文工团弹吉他，有港台音乐、西方电影音乐、京剧样板戏《红灯记》等。最长的一次，从锦州一直到九江，他随团走了整整两个月，最后收到了三百块钱。当时，一次演出给他五块钱人民币。"走穴"让他接触社会，去全国各地转，在舞台上锻炼，也让他赚钱生活。但是，他说："从纯音乐的角度来看，特别没有意义，是纯娱乐。"

同一时期，崔健也搞过流行歌曲。然后，一九八六年在北京工人体育场举行的"世界和平年百名歌星演唱会"上，崔健带领丁武的老朋友王迪等几个人，第一次以乐队形式上舞台，第一次公开演唱《一无所有》，成为中国摇滚乐的第一炮。现在，网络上就可以看到那晚的演出。崔健穿的裤子，一个裤腿长，一个裤腿短，是故意弄出来奇形怪状的。他弹着电吉他，声嘶力竭地唱着自己写的《一无所有》。艺术的力量很惊人，台下的听众一下子听明白了，那是一首属于他们的摇滚乐曲。丁武说："他的《一无所有》影响了很多人。我们从摇滚乐的形式出发，当时才找到了方向和内容。"

一九八七年，丁武拉上一家汽水公司的投资，跟王菲的第一任丈夫窦唯等人成立了"黑豹"乐队，便开始写自己的作品。早期的"黑豹"还采用文工团模式，拥有好几名歌手，主要唱外国歌曲。随着丁武对各种流派的摇滚乐慢慢有了鉴赏力，他想要摆脱文工团模式，想要搞纯粹的摇滚乐队，更想要创造自己的东西。于是他离开"黑豹"而独自去新疆走了两个月。回到北京，认识一个主修中国历史、当时来华留学的美籍华人郭怡广（Kaiser Kuo），通过跟他长时间的对话，了解到西方摇滚乐发展的历史，并被"进步摇滚乐"的人文气息强烈吸引。最后，他们另找美国人萨保和湖南人张炬，成立了"唐朝"乐队。四个成员的平均身高超过一米八，而且都披着长及腰部的直发，可以说是中国视觉系乐队的先驱，既帅又酷。

那是一九八八年。"唐朝"是中国第一支重金属摇滚乐队。关于"唐朝"这一名称，丁武说："当初只觉得这个名字很好听，而且我们都留着长头发，特像中国古代的大侠。可是，后来渐渐发觉个中的含义，对当代中国社会的讽刺。唐朝的中国多开放，吸取世界各国文化，艺术发展，社会稳定。唐朝又是中国最长的朝代，是文人的世界。"他从新疆丝绸之路回来以后组织了"唐朝"乐队，似乎不是偶然。到了后来，他把乐队成员比做《西游记》的登场人物，自己始终是唐僧，是要西行取经的和尚。

一九八八年到一九八九年上半年是中国摇滚乐的第一个

高峰期。原属于"不倒翁"的秦奇从日本进修回来，在西四的星光酒吧举行了第一个由中国人主办的地下摇滚音乐会，也就是北京当年所谓的"派对"。（其实，一九八六年还是一九八七年，秦奇有一次忽然出现在东京我家的门口，乃光凭着我留给他们的联络地址找到的。当年的中国人没有事先打电话相约的习惯，好叫人吃惊。那该是他在日本进修时期的事。）然后，几乎每个星期都有"派对"，摇滚乐队也多起来了。当时所谓的"八十年代现代派"青年们，包括画画的，搞戏剧的，都骑自行车到"派对"场地集合。结果，摇滚分子开始和其他前卫艺术家交流。例如，一九八八年夏天，行为艺术家温普林在长城举行的"大地震"，乃用布把长城包起来，并把音响摆在长城上，由"唐朝"等六个乐队演出整整一天。以艺术院校学生为主的观众多达四五千人。

原来，丁武和早期北京摇滚乐的重要人物都没有强烈的政治意识，他们主要是单纯爱音乐的艺术家。在这一点上，崔健算是例外。他的第一首《一无所有》就有浓厚的政治味道。一九八九年年初问世的首张专辑则叫《新长征路上的摇滚》。在海外受注目的一九九一年的作品《一块红布》，他甚至用红色缠头布盖住双眼演唱。对此，圈子里一方面承认崔健先驱者的地位，同时对他的音乐本身一直有质疑的声音。丁武都说过："崔健并不代表我们。他的歌词，精神很好，但音乐上没有创造，是比较老的西方音乐。"

从地下到地上的摇滚乐

> 一九九〇年代以后,摇滚乐在中国不再属于地下了,但也没有融入主流文化。虽然势力大幅度扩张了,还是属于小众的,如今不仅有当局的管制,而且多了市场的挑剔。

今天在中国的网络上看得到的"摇滚乐编年记"可不少。一九九〇年一月,崔健在北京工人体育馆举行第一次的个人演唱会。那也是中国官方第一次正式批准的摇滚音乐会。同年二月,首都体育馆的"一九九〇年现代音乐会"由"唐朝"等六个乐队演出自己的作品。丁武说:"那是中国摇滚从地下走到地上的标志。现场有很多国内外记者,叫我们终于受到关注。"同一年,"唐朝"作为大陆摇滚乐队,第一次跟商业机构(台湾滚石唱片公司)签合约,演出机会渐增。一九九二年年底发行的第一张专辑《唐朝》在大陆卖了五十张,在中国香港、中国台湾、韩国、新加坡也同时发行,总销量达二百万张。

二十年后,有很多中国人说《唐朝》就是他们的青春,不足为怪。"唐朝"的作品一方面跟当代西方的重金属摇滚乐接轨，另一方面洋溢着对中国传统文化的憧憬和骄傲，其实它表达的是认同的危机和对此紧迫的渴求。听着"八个样板戏"长大的"干校的孩子"，在标题作品里插入京剧念白般的一段，表现出既阳刚又华丽的中国想象来。丁武用高音喊："忆昔开元全盛日，天下朋友皆胶漆，眼界无穷世界宽，安得广厦千万间。"听起来仿佛京剧的同时，也让人联想到英国皇后乐队主唱佛莱迪·摩克瑞的歌声，有一会儿"东入西出"一会儿"西入东出"的感觉。他们乐曲的特点就是格局大，艺术性高，既有世界性，又有中国风。网络上有人评《梦回唐朝》道："世界其他地方，没有人能写这样的歌词。"丁武说过，他组织"唐朝"之前，上了郭怡广的西方摇滚音乐史课，被"进步摇滚乐"的文人气质吸引，决定走这一条路了。果然他是说到做到的。

他也在那次的访问里说过："太多不愉快的事情发生了，愉快的事情很少。不敢去回忆，又摆脱不了。每件事情记得特别清楚，像噩梦似的。""唐朝"乐队的第一张专辑叫《唐朝》，歌词里出现很多很多的"梦"，而其中不少是"噩梦"。例如《飞翔鸟》一首唱："永远没有梦的尽头，永远没有不灭幻想。想当年狂云风雨，血洗万里江山。昨夜的梦，就在眼前，就在眼前，飘来飘去没有尽头，飘来飘去没有尽头。"另一个频频出现的词就是"血"。例如，《传说》中的："贞操已被野兽践踏，田园大火熊熊燃烧，岁月蒸华发，热血洗沙场，江河回故乡。"不知道挥之不去的是不是"文革"的印象，总之在中国有一批丁武的同代人被类似的噩梦魇住。相信对他们而言，《梦回唐朝》起了难得的疗伤效果。

一九九三年成立的"北京迷笛音乐学校"给从全国各地来北京的摇滚青年们传授现代音乐的理论和实践，丁武也常去当讲师。自己摸着石头渡过了摇滚一条河，他对后辈很慷慨，被称为摇滚前辈丁武老师乃有凭有据。一九九四年二月"唐朝"赴德国柏林参加"中国文化艺术节"，十二月十七日则参加香港红磡体育馆的演唱会。看到如今大伙儿对那晚"中国摇滚乐势力"的高度评价，我不能不感叹：历史是后人写的，当晚在场拍手叫好的香港歌迷们也恐怕没想到自己正在做"中国摇滚乐最辉煌时刻"的目击者吧。但在内地说"唐朝是我们的青春"的老粉丝们，往往就是重复听现场录音听到卡带断裂的。

一九九〇年代以后，摇滚乐在中国不再属于地下了，但也没有融入主流文化。虽然势力大幅度扩张了，还是属于小众的，如今不仅有当局的管制，而且多了市场的挑剔。在不容易的情况下，"唐朝"的专辑还是每隔几年就问世：《演义》（一九九八）、《浪漫骑士》（二〇〇八）、《沉浮》（二〇一〇，迷你专辑）、《芒刺》（二〇一三）。成员时而变动，只有丁武一直在。所以，一九九四年的访问标题，把他称为"唐朝乐队的灵魂人物"是对的。

谈到"唐朝"的历史，常被提到一九九五年贝斯手张炬因车祸去世的不幸事件。其实，早一年他们来香港的时候，我也在尖沙咀的酒店房间见到过张炬。比丁武小七八岁，外貌白胖的张炬有小弟脾气，如日本SMAP组合的香取慎吾。他事事都要拥护丁武大哥，于是还责难过老娘的不是。艺术才华洋溢的年轻人，仅仅二十五岁就离开人间，叫大家觉得岂有此理。不过，炬炬的魅力好像超乎了一般人。一九九七年，"唐朝"乐队、张楚、窦唯、高旗等参加录音，发行了一张合辑就叫《再见张炬》。可以说，身后被朋友们想念怀念的中国摇滚乐手，无人出张炬之右。同时，丁武对他的感情之深和感情之真，也令人印象深刻。

转眼之间，又过了二十年。如今，在中国多如牛毛，少说都有几千支的摇滚乐队的成员及歌迷中，没有一个人不知道丁武和"唐朝"。甚至有不少人说，"唐朝"是中国最有名的摇滚乐队。丁武都五十多岁的人了，可是在网络上看最近的照片，高瘦的身材没变，长发也没剪短，更甚者仍保持着那小孩儿般的笑容。据悉，这些年他成家有了个女儿，也重新拿起画笔来开始画画，在北京798艺术区等地方办过画展。丁武画自己少年、青年时期的回忆，相信对他自己，对他粉丝会起类似于精神分析的疗伤效果。另外，他也练古琴、尺八等传统乐器，果然是名副其实的摇滚艺术家了。他还在管虎导演拍的走红电影《老炮儿》里客串过。

"唐朝"乐队的活动没有闲下来，反之比过去还活跃。除了在北京以及中国各地举办演唱会以外，近时还去过新西兰、斐济、北非等地演出。这在中国摇滚乐自从一九九〇年代中期起全盘低落，当年许多明星没落失踪的情形下，该说是可圈可点的好成绩了。二〇一三年问世的专辑《芒刺》，贯穿全辑的主题是环保和反战。时代变了，中国变了，可是丁武没有放弃演唱《国际歌》，在著名乐曲《太阳》的末尾不忘记加一段《东方红》主旋律，以叫听众回想起毛泽东。在二〇一五年太湖迷笛摇滚音乐节的视频里面，有丁武带领的"唐朝"演奏摇滚乐版《国际歌》，许多年轻听众一起合唱的场面。《国际歌》至今是"唐朝"乐队的代表曲之一，也在中国摇滚乐经典一百首排行榜上占第十四名的位置。显然这一首摇滚乐曲，在中国次文化的语境里，一贯具有独特的意义。在排行榜上，也有"唐朝"乐队的其他歌曲如《梦回唐朝》《太阳》《飞翔鸟》《月梦》，证明丁武实现了早年的梦想，把真正属于自己的作品创造出来，并牢牢刻印在听众的心灵上了。

　　丁武不向商业主义低头，要坚持走"艺术摇滚"的路线。他在一个娱乐新闻节目里说：在凡事数字化的时代，唱片公司要讲效率，要计算成本，主张多用电脑，叫他们只好自己演奏，自己当录音师，结果做一张专辑需要几年的时间了。可见，不同的时代有不同的困难需要克服。

曾经的年轻人经过中年走进老年，要失去的东西自然不少，但有时候也会意外地收到时间送来的礼物。看老朋友依旧活跃，可以说是其中之一吧。三十年后，在网络上看到丁武仍然是跟当年一样的摇滚帅哥，仍然为自己的理想奋斗，我真高兴得有点儿想哭了。他在电视访问里说，四十九岁才有的女儿叫他"从心里深处发出来的爱，增多"，让老朋友觉得心里温暖。

　　我这回看得很清楚了：摇滚乐跟漫画、动画不同，它似乎有超越时空的反主流本质，一贯要跟建制抵抗下去的。换句话说，无论时代的主流迁到哪个方向去，摇滚乐永远属于次文化、对抗文化。多亏早稻田大学举办国际研讨会而邀请我参加，这一次我在心灵上走了一趟回忆和重新认识北京摇滚乐创世纪之路。谢谢母校，谢谢丁武，你真够哥儿们。最后，我极力劝年轻朋友们：趁机学外语，趁机到远处玩，趁机多交些朋友，也趁机交得深些，以便多年以后能够奢侈地耽于温暖华丽的回想中，并且确信：人生终究值得活。

肆

原来，我可以认识这些有故事的人

——中文带我到世界交朋友

想念"洋插队"的朋友们

如果我不会说中文，认识不到他们，在多伦多过的六年半一定逊色很多了。但是因为有"中国文艺界"的同行们，今天想起当年都能娓娓道来；被当地老太太问及"不是邮购的吗？"都可当作笑话了。

我从二十六岁到三十二岁都住在加拿大多伦多。那正是学校刚毕业出社会的年纪。结果，我平生第一次办信用卡，平生第一次写支票，平生第一次缴税，平生第一次打官司，等等，都是在多伦多经历的。

从中国留学回日本以后，我按志愿当上了新闻记者。可是，总觉得日本太小，太单一，自己还没看见广大的世界。于是，短短五个月后就辞职，飞越太平洋以及北美大陆，去了五大湖之一安大略湖边的多伦多。选择加拿大的原因，是在中国结识了几个加拿大留学生。他们说加拿大是移民国家，哪个地方的人都有。听起来不错吧？我没经多番思考，到东京青山的加拿大大使馆办签证去了。

十二月底抵达北国，天气比我想象的还要冷。那是从圣诞节到元旦，全家团聚的日子，也就是对外人来说，最感孤独的日子。我去多伦多北方约两百公里的同学家过节，发现在他们家里除了我以外还有一个东方面孔，是同学姐姐夫妇为刚出生的双胞胎娃娃雇请的菲律宾籍保姆。加拿大是移民国家，哪个地方的人都有，同学说得没有错。只是，在加拿大，人们看到东方女子就自动会猜想是个保姆。至少在那个家庭里，人们很自然地把我和她归入同一个范畴里。唯一的区别在于菲律宾人说英语比我流利。在那几天里，我也听到中产阶级的加拿大人在彼此之间很自然地说道：收好了保姆的护照没有？别让人逃跑了。又不能用手铐、脚镣吧。当我皱起眉来，人家就说：开玩笑嘛。

我看到龙应台写的一篇散文叫《泰国来的？》，该在差不多同一段时间里的事情。她当时在德国带孩子，母子俩双双去公园玩耍，有当地老太太问她：是泰国来的吗？人家的意思是：你是否通过邮购从泰国给买来的？我在加拿大的六年半，有几次被误会为保姆，也有一次真被一个老太太问及，不是邮购的吧？

好不容易熬到了一月初，多伦多大学成年课程的英语班开课了。第一天上课，我就交上一个朋友，是北京人杨靖。她比我大六岁，当年三十二，已婚，有一女，是放下年仅五岁的女儿独自出国念书的。她告诉我，弟弟早几年先出国念硕士，她目前寄宿于弟弟的导师家。当年中国，改革开放刚开始，并不是人人都有条件出国。但是，杨靖在香港有亲戚可以资助。多年后我得知，她亲戚就是香港最有名的饼干店老板。

多伦多大学成年课程的英语班也有日本人，英语程度跟中国学生差不多。可是，讲到族群的势头，中国留学生就强很多了。他们是"文化大革命"熬过来的一代，深感自己浪费了念书的好年头，既然获得出国留学的机会，最起码要拿到学位，最好能办到身份证，翻身为外籍专家衣锦还乡。例如杨靖，她十岁遇上"文化大革命"，后来没正式上过学，十五岁从军，在文艺工作团唱唱跳跳几年后，转去医院做助理，出国之前是中国第一家国营商社的总经理秘书。多厉害。相比之下，当年的日本留学生个个都像是富家的傻公子、傻公主。有些是因为在日本没考上大学，被父母送出国来打发时间的。

杨靖的弟弟当时做多伦多中国学生学者联谊会的干事。通过他们姊弟，我对多伦多的中国人圈子，逐渐有所了解。另一方面，我也通过约克大学中文系的教授，交上了一些中国朋友。那位女老师之前在驻北京加拿大大使馆当文化参赞，在职期间，把自家客厅当作文化沙龙开放给当地艺术家。其中有当年属于北京八一电影厂的演员刘利年（一九五六年生）。他在加中法三国合资的电影《白求恩》里，饰演重要角色方医生。加拿大籍人士白求恩医生是在中国名气很大的"国际友人"之一，正如美国记者埃德加·斯诺、艾格尼丝·史沫特莱，从抗日战争到国共内战时期，支持毛泽东领导的中国共产党。把白求恩的故事拍成影片，加拿大官方在各方面都帮了忙；教授回多伦多以后，继续照顾中国籍艺术家们。刘利年跟《白求恩》的加拿大籍女制片交情不错，打算搭档拍片，当时在多伦多寻找机会。中国朋友们都叫他大年儿，因为他是牡丹江出身的东北大汉，不仅个子大而且为人也大气。

看着大年儿的生活我才得知，拍电影是既费钱又费时间的艰难事业。他只好先接一些演戏工作。记得在一部加拿大影片里，大年儿饰演印第安人的角色，虽然肤色相同，五官却不像。中国朋友们说，大年儿是相当著名的演员。当年一说"是在《芙蓉镇》里，当刘晓庆第一个丈夫的"，大家都说"哟"，马上晓得了。有趣的是，我在多伦多待的时间里，有一次应法国协会之邀，访问过旅法中国小说家亚丁。有趣在于：亚丁一九九〇年代回到中国，认识刘晓庆而谈恋爱，两个人差一点儿就要成为夫妇了。也就是说，我前后认识两位刘大姐的男人呢。

朦胧诗人多多（一九五一年生）是北京人，我好像是通过大年儿认识他的。中国人有与众不同的"文艺"概念，乃包括文学和表演艺术的。所以，由他们看来，作家、画家和演员、舞蹈家，都属于同一个工作领域。电影演员大年儿和诗人多多，彼此认为是广义的同行，由于我写文章，他们也视我为同行。另外，我会说北京口音的中文，他们也不曾把我当外人看待。

多多当年以荷兰莱顿大学为根据地，偶尔来多伦多演讲、朗诵、做驻校诗人等。记得有一次，他在安大略湖边的大剧院舞台上领取一项文学奖，但是还不能用英语致词。结果，忽然打开嗓门来，以原文唱了意大利歌曲《我的太阳》，用的是职业声乐家般正式的发声法，果真获得了满场大喝彩。很厉害。多多的本名叫栗世征。大年儿告诉我："多多"是诗人夭折的女儿的名字。做爸爸的以他独特的方式永远纪念着已故女儿。

蒙古族舞蹈家康绍辉（一九六三年生），我到底是怎么认识的，已记不住了。总之，有好多次，跟大年儿、多多等几个人一起吃饭、聊天，过了很愉快的夜晚。其中一次，他在大锅里熬了羊肉汤请大伙儿吃，那味道特别纯粹浓醇，叫我至今忘不了。跟大年儿正相反，小康是个小个子，以浓黑胡髭掩盖着娃娃脸，但是舞蹈家的身体给人特别柔韧的印象，何况他也偶尔来劲就慷慨地为我们跳起蒙古族的传统舞蹈：鹰。小康是北京民族学院毕业的。有一次，我从多伦多去北京一趟，见到了他在民族学院时的老同学、老同事。有苗族的，有白族的，跟各地来的少数民族舞蹈家们，在魏公村后巷的小馆子里一起吃火锅、喝二锅头，也是毕生难忘的经验。

南方出身的女画家刘幽莎（一九六○年生），是谁介绍给我的？小提琴家向东和小华，则一定是杨靖介绍来的。他们俩都是说话有北京腔的第二代艺术家。还有，志愿当作家的北京女子郭真真。

那些中国籍艺术家们，年纪都跟我差不多，当时三十岁上下吧。他们大多以业务名义出国，基本上是在加拿大"蹲点"的，都说着：等时间满了，拿到了身份再说吧。跟"文化大革命"后期，城里的知识青年们被派到农村"生产队"去吃苦一样，他们在外国的日子也不是很好过，可是为了拿到一本加拿大护照，大家都认为：绝对值得。即使没拿到护照，有了居留权，就可以正式工作了。本来下课以后去洗衣店打工的杨靖，转眼之间就被多伦多金融区高层大楼里的银行雇请，连衣服化妆都不同了。

一九九四年春天，我离开加拿大，搬去了香港。差不多同一段时间里，我在多伦多认识的中国朋友们陆续拿到护照，不用再"蹲"下去了。杨靖不久跟一名同乡律师再婚，一起搬到香港来；在北京长大的她女儿，中学就去加拿大，后来顺利拿到多伦多大学的毕业证书。大年儿则开始跑加拿大、中国、意大利，经过香港时告诉我：要开始做西式家具的生意了。

现在回想，当年在多伦多"洋插队"的朋友们，其实是领先出国钻研的社会精英们。果然，二十多年后的今天，大年儿是海归导演、资深演员、国际职业设计师，近年在姜文作品《一步之遥》里饰演大帅。多多获得了诺伊施塔特国际文学奖，在海南大学人文传播学院当教授。小康娶到了凤凰卫视主持人周瑛琦，带着两个男孩儿。刘幽莎后来到美国南佐治亚大学攻读硕士，也任教于艾奥瓦州立大学，至今不停地创作。果然一个一个都过了充实的人生。

如果我不会说中文，认识不到他们，在多伦多过的六年半一定逊色很多了。但是因为有"中国文艺界"的同行们，今天想起当年都能娓娓道来；被当地老太太问及"不是邮购的吗？"都可当作笑话了。人生实在没有白插的队。

她曾那么热爱香港

从小孤孤单单过惯日子的羽仁未央，在香港发现了热血沸腾的一座城市。极其密切的人际关系在眼前展开，叫她犹如仰天看烟火的孩子一般目瞪口呆。

我和中文谈恋爱，拿着中文这本"护照"来去中国以及世界各地的唐人街。但也有些朋友，却对一个特定的地方产生很深刻的感情。我在中国认识不少那样的人。其中，她的经历算最特别，无非因为她出身于日本一个名门家庭。她的名字叫羽仁未央。她曾说：我嫁给了香港，不是嫁给了一个人而是嫁给了一个城市。父亲常说，早就有心理准备，有一天一个男人要把你抢走，但是万万没有想到把你抢走的竟是一个城市。

羽仁未央一九六四年二月二十九日出生。她爷爷是日本著名的历史学家羽仁五郎，乃第二次世界大战时反对军国主义的政府，坐过牢的坚定左翼分子，其著作《都市的论理》在一九七〇年代是日本学运分子的"圣经"。她奶奶是教育评论家羽仁说子，曾祖母更是日本第一个女性新闻记者兼自由学园创始人羽仁元子。未央的父亲，即五郎和说子的长子羽仁进是纪录片导演，未央的母亲左幸子是影视演员。

我从小就在电视上看过羽仁未央这个人。她五岁时就跟父母去法国、意大利住了两年，为父亲编导的剧情片《未央——妖精之诗》饰演主角，即生活在欧洲的越南孤儿。然后，从九岁到十五岁，她又跟着父亲去非洲肯尼亚住。当时羽仁进替日本富士电视台拍摄纪录片《动物家族》。偶尔从肯尼亚回到日本来，未央对学校不习惯，公开宣布从此不再上学。名门家庭的小女儿拒绝上学，而且有条有理地批判死板的日本教育制度，一时成了社会新闻。然而，不久羽仁家传出来的另一则新闻更令人侧目：未央的父母离婚，而父亲马上跟母亲的妹妹再婚了。原来，左幸子的妹妹喜美子做羽仁进的经纪人，陪姐夫和外甥女在非洲草原上搭帐篷住，其间发生了婚外情关系。娱乐圈人士的情色消息，尤其有乱伦嫌疑的，本来就投合大众的猎奇心，何况个中还有个特会说话的小胖子女儿。

一九九四年，我们在香港相识的时候，未央刚满三十岁，已翻身为几分像她母亲的苗条美女了。那晚，蔡澜先生在中环镛记酒楼请客，我和她夹在几个香港文化界人士之间，一个讲普通话，一个讲广东话，彼此之间还悄悄讲日语聊聊。原来，蔡先生年轻时从新加坡去日本留学，在东京就跟羽仁家人有来往。一九八七年，未央移居香港以后，蔡先生在公私两方面都照顾她，算是给恩人隔代回报。从小在电视上看过的名人，忽然出现在眼前说私话，我忍不住好奇心，改天替香港杂志约她出来，进行了一次人物专访。

我们约在铜锣湾一家酒店一楼的意大利餐厅。印象深刻的是，一坐下来她就告诉我："身体欠佳，不能喝酒，不能吃肉。"于是点了一瓶矿泉水和一屉蒸蔬菜。说话却不碍事。她告诉我："小时候在非洲草原上一个人看日文书、英文书，连爱因斯坦的《相对论》都看了，但是身边就是没有人，只好把狮子、鳄鱼当朋友。"香港有很多人说："在非洲长大的日本女孩子应该不多，漫画家柴门文的原作改编的电视剧《东京爱情故事》之女主角，即非洲长大的赤名莉香，一定是羽仁未央其人吧？"可是，她本人却没把漫画、电视剧的女主角当作另一个自我。

未央说："从来没喜欢过日本，小时候每次飞机抵达东京羽田机场就大声哭泣。"十五岁定居日本以后，她开始写文章发表，也主持电台节目，十六岁起甚至拍自己的电影了。然后，一九八五年第一次来香港，被充满活力的当地电影圈强烈吸引，考虑搬过来住。她说："小时候在巴黎，见过许多殖民地来的人。非洲肯尼亚又原是英国殖民地。加上从小听说，香港是借来的土地，借来的时间，颇有趣。另外，爷爷羽仁五郎曾在一九二〇年代的巴黎待过，父亲羽仁进则在一九五〇年代的纽约待过，都是一个城市最好的时光，自己碰上黄金时期的香港也许是命运所致吧。"

从小孤孤单单过惯日子的羽仁未央，在香港发现了热血沸腾的一座城市。极其密切的人际关系在眼前展开，叫她犹如仰天看烟火的孩子一般目瞪口呆。她说："爷爷一辈子热爱共产主义，所以我知道恋爱的对象不一定是人，自己爱上的是香港这座城市。"一九八七年搬过来后，在蔡澜掌管的嘉禾制片公司拍了倪匡"卫斯理"系列的《老猫》，通过跟香港人一起工作的经验，学到了理性不是一切。她说：例如迷信，爷爷是唯物主义者，连葬礼都拒绝了；可是在香港，风水是大家的定心丸，大有道理存在。

殖民地是很不公平的社会体制，一定会伤害被统治民族的感情和自尊。被它吸引的，果然是从小在感情上受父母折磨的女孩。羽仁未央能够理解香港人的感情逻辑，甚至认同它。

她建立"大头猫制作有限公司"，开始拍摄关于香港的纪录片，每个月在日本朝日电视台的"新闻站"（News Station）节目里播送。

刊登在《九十年代》月刊一九九四年十月号的访问，题为《我爱的不是一个人，而是一个城市——一个嫁给香港的日本女子：羽仁未央》。那篇文章引起的反响很不小，许多当地文化界人士要我约她出来一起吃饭。她也给我介绍了一些朋友。后来，一九九七年七月我离开香港之前，跟她断断续续有来往。

在那断断续续的来往中，她偶尔讲到亲生母亲左幸子。未央说，她很害怕亲妈，因为亲妈的支配欲特别强，可是不知为何，跟她要好的男人经常表现出类似的支配欲。我自己跟母亲之间也有问题，但人家毕竟是名人母亲和名人女儿，到底能不能拉来跟我们家凡人母亲和凡人女儿的关系比较呢？再说，她周围人都指出：未央和爸爸羽仁进的关系，密切到与众不同，简直跟情人一般。既然如此，旁人还能说什么？

有一次，未央带摄影组来位于港岛北角的我家做访问，那段录影后来在日本电视上播送。还有一次，她来电问我能不能代替她去澳门一趟，访问赌王何鸿燊；因为我的广东话不好，只好谢绝了。她的身边总是有日本摄影师本田，也有过欧洲籍男秘书。记得她有一次包租了一家法国餐馆，请好几个当地、日本、外国朋友吃了一顿包括鹅肝酱在内的套餐，不敢想象总共花了多少钱。记得香港作家也斯那天也在座，给未央主办的活动取了"猪食会社"的名称。还有一对法日夫妇，据说先生原来任职于驻东京法国大使馆，替孩子们请了个会说法语的日本保姆，后来休妻而娶了她。那位法国先生重复地告诉我，他的工作是洗钱。原来，他是在海关工作的。

其实，就是未央当初把我介绍给今天大名鼎鼎的美术评论家兼美食家刘健威，在湾仔的老字号双喜楼一起吃饭。未央在香港待的时间比我长，她在当地有很多朋友。至于日本，未央有一次讲道："曾在东京参加过'天行人'活动，深夜爬上首都高速公路，把护栏当作平衡木，像马戏团的小丑一般放开双手行走。"若是小说中或者电影里的一段，还能说是有趣的场面，可若是事实，对于一群找死的孩子们，不能不觉得心疼。

那是什么时候？未央说要跟一个日本人结婚了，因为打算生孩子，所以双双去接受健康检查。那是什么时候？未央说，怀孕了，要生儿子了，但怕受不了疼痛，所以一定要选择无痛分娩。那是什么时候？未央说，小宝宝出生了，长大以后，不会送他去学校。记忆很清楚。但我似乎没见过她丈夫也没见过她儿子。

我们之间，并没有闹翻。只是，在那段时间里，大家在公私两方面都发生了很多很多事情。毕竟，英国殖民地香港正处于最后一段日子里，人心难免慌张。尤其，一九九六年秋天发生的保钓运动，对在港日本人的影响不小。我因为在当地多份报纸上写专栏，不小心成了众矢之的，只好暂时去澳门避难。个别的香港朋友来电安慰我，也有些人趁机攻击我。更多人被情势之严重吓坏，暂时与我保持距离，先要保住自身的安全。

一九九七年七月，香港回归中国，两个星期后，我搬回东京去。有一次，我家附近的公民馆举行了羽仁未央演讲会。我把电话号码托给主办单位，可是她没有来电。然后，很多很多年过去。二〇一四年十一月，我在日本报纸上看到了未央的死讯：散文家，媒体制作人羽仁未央在东京一家医院因肝硬化去世，享年五十岁；父亲是电影导演羽仁进，母亲是演员左幸子，祖父是历史家羽仁五郎，曾祖母是自由学园创始人羽仁元子。生在名门家庭多辛苦，连死讯里，关于家人的信息多于关于自己的。我赶紧上网查资讯，看到她最后几年的照片，都是瘦到极点的，显然病得厉害。

二〇一五年七月，我去香港书展演讲，当地日本朋友富柏村为我订了刘健威和儿子开的餐馆。老刘见到我就说：都十八年了，一二三回来，未央走了，也斯也走了。后来看他在香港《信报》上开的专栏"此时此刻"里写的追悼文《Mio，再见！》，未料引用我多年前跟老刘说过的一句话：我什么都批评，好像很悲观，Mio什么人和事都肯定，好像很乐观，但我总觉得，她比我更悲观。我不记得自己说过那么一句话，但既然是老刘记得的，肯定是我说过的吧。老刘写的《Mio，再见！》是对羽仁未央最诚恳、最温暖的一篇追悼文。我很高兴，香港有人对未央，对一个漂流的日本女子，那么接受，那么同情，那么爱护。

富柏村说："未央结婚以后，跟夫婿去新加坡开网络服务公司。但是，她丈夫很快就去世了。未央一个人带不了孩子，只好托菲律宾籍保姆把他带到菲律宾去养大。未央一个人在新加坡、中国香港、日本三地之间奔波，可是事业状况不很顺利。她酒喝得越来越多，醉得越来越不像样。"刘健威也写：香港朋友闻讯，只有唏嘘，这几年看她一步一步走上绝路，却不能帮上什么。

她儿子呢？富柏村说："在菲律宾长大了，不会说日语，未央走了之后，她家人找未央生前的朋友们打听，有谁能照顾这孤儿，羽仁家愿意资助。"据报道，二〇〇一年，母亲左幸子去世，未央都没有参加葬礼。父亲羽仁进八十多岁高龄，据说在养老院。那么复杂的一个家庭，那么复杂的一个人，我不敢说理解她。但是，母亲与祖国之于她，难道只是痛苦、惧怕、憎恨的来源吗？

这次为写这篇文章，我通过日本亚马逊订购了一九八九年三月出版的一本书，羽仁未央的著作《香港在马路上》。这书名，作为日文语法上有问题，可是我估计，她的意思该是：on the road。她曾经那么热爱香港，因为这粒东方之珠，好比是父母亲离过婚的孩子，感情上受过伤，受不了争吵，正如她自己。刘健威写：从来没听过她说别人的不是，未央是用微笑来拒绝这世界。我仅以此文纪念一代奇女羽仁未央。合掌。

鹿港来的中文老师

　　没想到，十八岁被父亲带去中国的杨老师，约三十年后，这次跟日本籍母亲，带着中国籍的太太和独生子，回到日本，并且任教于父亲的母校早稻田大学。

　　长期从事媒体工作以后，我四十三岁开始在大学教书。早年没想到自己会做教师，后来当上了母亲，带过孩子，对自己的看法也有所改变，觉得教教书也没什么不可以。要教的是中文，应该做得到，只是没有经验，自信不足。那时候看到身兼法国思想史专家和武术家的内田树的著作。他写道：为了当教师，唯一的条件是自己也曾有过老师。

　　于是在开学之前，我要去找老师打招呼了。我的中文老师是谁？就是十九岁上早稻田大学政治经济学系的时候，帮我启蒙的藤堂明保先生和杨为夫先生。藤堂老师是日本首屈一指的音韵学家，有段时间也常上电视，加上出身于伊贺上野的诸侯藤堂家，可以说是相当有名的一个人。他对我的影响很大，可惜不到七十岁就去世，我成为他晚年的弟子之一。

那么去找杨为夫老师好了。我学会发卷舌音，全归功于老师的斯巴达式的严格教学。当年，我不仅在早稻田大学，而且在日中学院夜间部也上过他的课，有几次还跟其他老师、学生一起去喝过酒。他也来参加了我的婚礼，算很熟的，只因为过去几年我太忙于带孩子，没时间去拜访。于是赶紧打电话，约在早大的研究室见面。我从本科毕业以后，很少去过早大校园了。好多年没来，政治经济学系的教学楼、研究楼，还跟二十多年前一个样。杨为夫研究室的位置，也跟我记忆中一样。

　　未料，我敲门后打开，看到的是大桌子上堆得高高的书、书、书。

　　"好久不见了，杨老师。您一点都没变，头发还是黑油油的。这些书是怎么回事？要搬研究室了吗？"

　　"不是啊。我过几天就要退休，这些书都要带回家的。"

　　"怎么？老师您要退休了？"

　　"是啊。七十岁了嘛，不想退也得退。"

　　杨老师带我去能看到大隈庭园的教职员餐厅。我毕业以后，大学方面跟企业合作，在校园边上盖了栋高层酒店，一楼就有对外不开放的教职员餐厅，气氛蛮好。老师一坐下来点好菜，就开始讲话了。他似乎早就决定要告诉我什么的样子，该因为知道我的孩子们还小，时间不多，所以在最短的时间内，要交代我一些事情。

"前些时，我们系里的几个老师，带领一班学生到台湾师范大学进修去了。因为我拿的是中国护照，一直以来都不敢去台湾。这次，为了工作批下来了签证。进修结束以后，别人都要去观光。我一个人离开了团，托人买了张火车票，去了一趟中部的鹿港，是我父亲的故乡。"

"杨老师，您不是北京人吗？"

"北京是后来才去的。我父亲生长在台湾鹿港，日据时期来早稻田大学读书，相亲娶了我母亲，是个日本人。后来，他任教于京都同志社大学，教中文。我就是一九三五年出生在京都，读同志社附小、附中的。毕业以后，一九五三年，父亲决定举家去中国，我们在北京安顿下来。当年，中国总理周恩来向海外华侨呼吁回国，要为社会主义祖国的建设做出贡献。我父亲算是回应了。母亲是贤惠的日本女人，乖乖地跟着老公，带我们五个孩子上了船。"

"原来，您是半个台湾人，半个京都人。那么，小时候讲什么话呢？"

"当然是日语了，而且是京都腔的。中文是到了北京以后上华侨补习学校才学到的。那可以说是我这辈子最认真学习的时候了。还行，经过一年苦学，考上了北京外国语学院俄语系，毕业后分配到北京第二外语学院教了多年的日语。现在的驻日本中国大使（后来的外交部长）王毅是我当时的学生。"

"太巧了。我比杨老师晚三十年，第一次去北京就读的是位于阜成门外的华侨补习学校，两年后正式留学的又是'北外'。"

"华侨补校的旁边，后来有钓鱼台国宾馆了吧？我念补校的时候，还什么都没有，正在做土木工程。言归正传吧。我还住在京都的孩提时候，被父亲带去过台湾鹿港的老家。所以，这次好不容易去成了台湾，无论怎样，都想去那里走走。鹿港你知道吧？是座古老的港口城镇。我记得父亲的老家在海边，是一栋很大的房子，我在最里头的小屋子，跟亲戚家的女孩子一起玩耍，她年纪应该跟我差不多。整整六十年过去了，可是鹿港的行政区划好像没有改变。我果然找到了那栋老房子。"

"您找到老家的房子了？"

"不仅如此呢。当我站在那里正深受感动的时候，竟有人用日语叫了我的名字：ためお！ためお！你猜是谁？就是那个亲戚家的女孩子。当然，都六十年过去了，现在是老太太了。可是她还真认得出我来，而且用日语叫我的名字呢，因为当年我们就是用日语交谈的。"

我听了目瞪口呆，世上竟有这样巧的事！我很高兴也很荣幸杨老师给我讲了这么珍贵的经验。鹿港，我曾去过一次，是原先在《新新闻》杂志当编辑的美娜，带我回彰化老家过年，有一天开车去雾社的路上停下来的地方。记得我们走过到处摆着乌鱼子卖的小路，到古老的天后宫拜拜。然后，在小巷里的礼物店，美娜买了两个相同的皮革制大象形笔筒说：你一个我一个，以后咱俩住在不同的地方，可以看这个笔筒想起彼此来。二十年后的今天，那个笔筒还在我的书桌上，还真会这样想起她的笑容来。

我去早大拜访杨老师是二〇〇五年三月的事情。过了一个多月，我又一次跟老师以及一名学弟一起吃饭。地点是东京阿佐谷的东方园中餐馆，是学弟决定的，我那天是第一次去。未料，北京来的老板娘董韵女士的父亲是台湾屏东出身的音乐家，母亲则是日本籍的舞蹈老师，两人在今天的中国东北，也就是当年的伪满洲国成的家；果然全家经历了战争和革命以及一切政治风暴。父亲去世以后，一九八〇年代母亲带全家人回到日本。她跟杨老师的经历相似到出奇的地步。果然，两位在北京时代的共同朋友也不少。其中就有陈真女士，乃岩波书店出版《陈真：战争与和平的旅程》一书的主人公。

陈真女士曾在NHK电视台的中文讲座当过讲师，以优雅的日文和北京话迷住了日本观众。实际上，陈真女士的父亲陈文彬先生是台湾高雄出身的语言学者，第二次世界大战以前，来日本留学，毕业后执教，并且成家生了两个女儿。战后，陈文彬先生应邀回台湾当台大教授。可是在"二·二八事件"中受牵连，被警备总司令部逮捕。好不容易全家经过香港逃去大陆。可是在红色风暴中的大陆，台湾人的遭遇一般都很惨，陈家父女也不例外。身兼作家的精神科医生野田正彰写的《陈真：战争与和平的旅程》，充满了对陈真女士的尊敬和同情。该书问世于二〇〇四年十二月十七日；半个月后的二〇〇五年一月四日，陈真女士在北京去世。那本书一问世我就买来看了。文中，印象最深刻的是，当野田医生去北京研究之际，陈真老师就给他做纯日式紫菜卷寿司吃。

实际上，日本和中国刚正式建交的一九八〇年代，这些人当中，有日本血统和身份的一部分人又悄悄回到日本来，也往往在大学教中文。我后来也认识了其中几位。没想到，十八岁被父亲带去中国的杨老师，约三十年后，这次跟日本籍母亲，带着中国籍的太太和独生子，回到日本，并且任教于父亲的母校早稻田大学。

他们的台湾家人则得留在大陆，直到瞑目的一天。屏东出身的董韵女士父亲董清财先生是其中之一；他创作了很多怀念故乡台湾的歌曲。鹿港出身的杨老师父亲也是其中之一。陈真女士（一九三一—二〇〇五）是其中之一。曾在一九三六年的柏林奥运会文艺竞赛获得奖赏的台湾作曲家江文也（一九一〇—一九八三）也是其中之一。毕业于北京中央音乐学院钢琴系的董韵说：江文也在中国的女儿是她音乐学院的同学，对江伯伯的印象却是被打倒，被迫做清洁的。在二〇〇四年侯孝贤的电影《咖啡时光》里，中国台湾和日本的混血歌手一青窈饰演的女主角访问了现实中的江文也遗孀。

关于董清财先生，我后来写了一篇散文《倾听一首乡愁的声音》，收录于《台湾为何教我哭？》一书里，也在采访的路上去屏东车城的董家坟墓，给董清财伉俪上香。恰巧，他故乡是教我哭了很多次的电影《海角七号》的背景。

后来回想，我开始教中文的二〇〇五年春天，在北京刮沙尘暴的日子里发生的反日示威，成了战后日中关系的转折点。从此两国关系一路走下坡，对于董韵夫妇做出关掉东方园的决定，也多多少少有了影响。虽然外交关系恶化的背景并不单纯，可是其中一个不可忽视的因素是：像陈真女士那样，对日本、中国大陆以及中国台湾都有深刻理解和情感的一代人，一个接一个地离开人间。

那么，我得更加珍惜杨为夫老师给我分享的鹿港回忆了：小时候被父亲带着回去的老家，后来由于政治原因长年回不去了；可是过了六十年重访的时候，不仅找到老家房子，而且见到了儿时伙伴，还用跟当年一样的称呼叫住他：

ためお。那是父母给他取的日本名字，相信到了中国以后，不再有人喊了。我们学生都一直以为老师的名字是中文的 Yáng Wéifū，没想到本来是该用日本读音发的。只有儿时伙伴，过了多少年都用着跟当年一样的称呼。我觉得，那简直像电影中的一个场景。衷心感谢老师的分享，我一辈子都不会忘记。

世界真小

没想到，我无意之间绕了远路，从香港去台湾，又搭乘像巴士一样小的飞机，抵达马祖北竿岛，跟讲福州话的当地警察们一起尝了羊肉锅！

我住在香港的时候，有一次，接下NHK电视台的工作，去纽约唐人街拍部纪录片，主要是当中日英三种语言之间的翻译。放了假，我就给住在纽约的长辈作家张北海先生打电话，由他当导游参观了东村、格林尼治村艺术区，感觉好奢侈。

回到了香港，有一次，张先生去内地的路上过港，来电约我一同去他侄女家开的派对。到了场地才得知，那侄女就是明星兼导演的才女张艾嘉，果然也是很会持家的。张先生告诉我说，她是已故哥哥的女儿，哥哥则是给蒋介石夫人宋美龄当飞行员的。我觉得好比走进了一部电影似的。张先生也说他父亲是我在早稻田大学政治经济学系的老学长，乃参与革命失败以后算是政治避难去了日本。我问他是哪场革命？张先生告诉我说是辛亥革命。

后来，很长时间，我都没有机会再见到张北海先生。主要是我回日本、结婚、前后生育了两个孩子，过于忙碌所致。未料，我供稿的北京《万象》杂志，开始刊登他老人家写的文章了。总编辑王瑞智来电邮说：张北海要来北京吃烤全羊，你也来一下吧：吃一头羊至少需要四个人呢，叫了张北海和阿城，就是缺了你。我确实喜欢吃羊肉，知道北京的羊肉特好吃，我也想见两位久违的长辈作家；可是我去北京吃羊肉，谁替我在东京照顾两小孩？问老公吧，他一定会说自己也想去北京吃羊肉。于是我回答说：很可惜，就是去不成。王瑞智还说：机票不贵呢，吝啬什么？

说到难忘的羊肉，我觉得首屈一指的是，在马祖北竿岛警察局分驻所吃的羊肉锅。那是一九九六年春天，历史上第一次的台湾地区领导人"选举"前夕。当时主管《亚洲周刊》台湾版的谢忠良问我要不要替他们去前线看看？我说好啊，他就马上开车把我送到松山机场去了。飞往马祖的飞机，小得跟巴士差不多，加上几乎没有乘客，驾驶员一边开飞机一边跟我聊天，还不时回头对我笑。说放松是真放松，却叫我稍微担心安全问题。

到了北竿岛，真是走光了人。除了穿着迷彩军装的阿兵哥以外，几乎看不到居民，更不用说游客，毕竟连记者都差不多撤退了。旅馆是有的，可找不到饭馆。正当我在马路上来回走的时候，从分驻所出来的一名警察问我：怎么着？

我顺便反问他：哪里可以吃饭？未料，他用手势叫我到分驻所里面。那里有四五个男女警察正围着火炉吃饭。他们说：一起吃吧。那晚的主菜就是羊肉锅。一边吃着羊肉一边听警察们说话，我注意到了，他们说话跟普通台湾人不一样。他们说：是啊，我们说的是福州话，这里是福建省连江县呢。

福建省连江县？唉哟，这世界真太小了。我在一年前就去过内地的福建省连江县。原来，我去纽约唐人街，替NHK拍的纪录片是有关所谓的"人蛇"，即从中国偷渡去国外的非法移民。在纽约移民局拘留所，我访问了连江县出身的一个人；他乘坐的轮船"黄金冒险号"抵达美国之前触礁，当别人游泳、跑步逃走之际，他因为一条腿残疾，遭美国官方逮捕。那个人告诉我他在福建的地址。所以，电视台的工作结束以后，我就单独从香港飞往福州，然后坐车去位于农村的那位偷渡客家里，见到了他父母、太太、弟弟。那可是非常奇怪的地方。虽说是农村，很多房子是四层楼、五层楼高的水泥大厦，都是居住海外的家人寄钱过来盖的，却几乎没有人居住，因为除了老人和小孩以外，男人大多都偷渡去国外打工了，因而有了"寡妇村"的别名。留下来的媳妇们则为打发时间，叫城里的小白脸过来一起打麻将。

当时就听说，大海前方就有马祖。可当时，海峡两岸之间，还没有开放"三通"。所以，从大陆福建要去台湾管制下的马祖，非得通过香港和台湾。没想到，我无意之间绕了远路，从香港去台湾，又搭乘像巴士一样小的飞机，抵达马祖北竿岛，跟讲福州话的当地警察们一起尝了羊肉锅！

跨越国境的缘分

> 今生认识的一些人，只能说有缘分吧，无论到哪里都会碰上。所以，我特地嘱咐富柏村：如果我先走，你别忘记替我写篇追悼文。他马上回话说：那才是我自己要说的。

我刚大学毕业，做了记者，被《朝日新闻》派去仙台跑社会新闻的时候，当地有个摇滚乐团叫"阿Q"。仙台是鲁迅早年留学读医的地方。但是，日本摇滚分子怎么会想到借鲁迅小说主人公的名字来当乐团名称？前往采访才得知，其实不是乐手们，而是他们的经纪人取了与众不同的乐团名称。那个人一手做的乐团宣传单，还叫做《大公报》，不知是哪里来的中国情结。

仙台附近有个温泉区叫秋保温泉，而"秋保"两个字的当地读音就跟"阿Q"一样。位于河边的露天温泉很好，再加上"阿Q温泉"的名称就太有意思了。我去过几次，很欣赏，可是没几个月我就辞职，远走高飞去了加拿大。

我到了加拿大，开始的几年经历了一场人生风暴。过了三年以后，生活才渐渐稳定下来，重新执笔写文章发表。用中文写的文章，邮寄到香港登在当地发行的月刊杂志上。有一天，我收到编辑部转来的航空信件，打开信封很惊讶地发现，寄信人居然是仙台"阿Q"乐团的那位经纪人。他写道，"阿Q"解散以后，一度去东京唱片公司上班，可是为了追求理想，决定搬去香港了。

我当时万万没有想到的是，他这一去就是一辈子；至少到目前为止，已住了四分之一世纪了。在英国殖民地即将回归中国的前三年多时间里，我也住在香港，跟他有来往。他能写一手好文章，我在仙台看《大公报》就知道了。可是，他娶了一位很务实、很聪明的日本太太，并听进她的意见：一方面上班确保生活费，另一方面利用业余时间去发挥创作能力。当初，他替当地的日文周刊、月刊写文章，进入网络时代后，就开设网站"富柏村香港日剩"。这个名称显然取自著名的耽美派小说家永井荷风从一九一七年起写到一九五九年去世前一天的《断肠亭日乘》。荷风的日记后来全部公开，被视为二十世纪日本社会最真实的记录，常被学者、记者引用。富柏村住在中国香港，日剩写的内容，一半关于中国香港，一半关于日本。

香港回归后我也回归日本，之后的十多年都没有机会重访旧地。二〇一五年，应香港贸易发展局之邀，相隔十八年回去，在书展上做了个小演讲。晚上约富柏村夫妇和当地另一名日本朋友一起吃饭，他订的是刘健威如今跟儿子经营的湾仔"留家厨房"。我是经已故的羽仁未央认识刘健威的。当年他是个半失业的美术评论家，由教师太太养家；如今人家却是人气餐厅老板兼有地位的时事评论员了，在《信报》上开的专栏"此时此刻"还真不错。富柏村知道我在东京住国立后说：他离开仙台，在东京唱片公司上班的时候，就住在国立，然后搬来香港的。

今生认识的一些人，只能说有缘分吧，无论到哪里都会碰上。所以，我特地嘱咐富柏村：如果我先走，你别忘记替我写篇追悼文。他马上回话说：那才是我自己要说的。

全世界最干净的华人城市

新加坡，我是一九九六年住在香港的日子里去过一次而已。当年已经是座很发达的大城市了，虽然过了二十年，估计变化不会太大吧？结果呢，大错特错。

二〇一六年四月，我应新加坡教育部母语司推广华文学习委员会的邀请，赴狮城参加"世界书香日暨文学四月天"开幕典礼以及有关活动。那是早一年，在香港书展的演讲厅认识的新加坡记者张曦娜为我结上的缘分。

说到二〇一五年的香港书展，那可是一次很奇怪的经验：从头到尾我都没见到邀请人。香港是我最早当上中文专栏作家的地方，后来却遇上保钓风暴，缘分断绝了将近二十年。于是接到驻香港日本总领事馆转来的演讲邀请，我还以为和解的时刻终于到了，非得抽空去重访旧地不可。

然而，香港特别行政区政府贸易发展局日本办事处来的年轻人不仅不知道我是谁，而且不知道香港有谁要邀请我。演讲日程决定了，飞机和酒店订好了，偏偏缺人跟我讨论演讲事宜。记得那个年轻人重复地说，他们一般做"B to B"比较多，这次倒是"B to C"，算是特殊的例子了。我听了不以为然。"B to B"应该是"business to business"，"B to C"则是"business to consumers"的意思吧？难道人家以为作家是商人，要帮我联系上香港消费者吗？但书是出版社和书店卖的呀。

长话短说，到了香港，我惊讶地发现，除了在小会议厅九十分钟的演讲以外，他们居然没为我安排任何活动。百分之百出乎意料，我好不容易去了一趟香港，除了百来个听众和三四个记者以外，没见着任何人，竟连一场饭局都没有，而且最后都没有收到一分钱的酬金。到底是给哪里的狐狸迷住的？

还好，世上没有白插的队。演讲结束后，新加坡《联合早报》的资深文化记者张曦娜对我进行了一次专访，日后写成了一篇好文章。她功课做得非常好，我之前出过的书，很多都看过的样子。之后她跟新加坡教育部推广华文学习委员会联系，正式邀请我去当二〇一六年"世界书香日暨文学四月天"开幕典礼的主讲嘉宾。不必说，有签了名的邀请函心里就踏实多了。

新加坡，我是一九九六年住在香港的日子里去过一次而已。当年已经是座很发达的大城市了，虽然过了二十年，估计变化不会太大吧？结果呢，大错特错。乍一看，全新加坡约三分之一的建筑在过去二十年里翻新了。街上连一点垃圾都看不到，这儿绝对是全世界最干净的华人城市了，甚至比日本还要干净呢。高高的大楼叫我觉得简直来到了未来城市一般。马路两边种着不落叶的热带树，不仅美丽而且发挥降温作用，真好，真聪明。果然，众新加坡人异口同声地告诉我说：那是新加坡国父李光耀先生当初出的好主意。这儿是由他一手设计的南洋华人城市国家。

四月二十一日傍晚，在机场接我的两位女性陆女士和高女士，一个来自政府教育部，一个来自国家图书馆。之前一直通过电邮跟我联络的委员会秘书陈先生，听说身体不适，不仅当天没有出现，而且我在新加坡的五天里都没有出现。

两位女士本来打算直接带我去机场里的餐厅吃晚饭，但我匆匆告诉她们，台湾大田出版社的总编辑培园该早已到了酒店等我。于是改变计划，我们四个到酒店附近的星悦汇商场里的美食街吃饭去了。我说想尝尝当地菜，无意间导致了陆女士在几个摊子之间来回跑，帮我们送来四人份饭菜，包括叻沙、海南鸡饭、泰国汤面以及茶叶蛋。多不好意思！听说陆女士家里有两个中学年龄的孩子，他们的晚饭呢？她说，有用人做家事。啊，就像影片《爸妈不在家》。

新加坡位于东南亚，居民以华人为主，结果当地风味兼有东南亚菜和中菜的特点。我觉得样样都很好吃，而且环境也干净舒适。只是，用完的餐具是大个子黑皮肤的南亚工人来收拾的，叫我稍微紧张。新加坡的外劳非常多，建筑工人的八成、服务员的五成都是来自亚洲各国的外劳。

酒店房间干净无瑕，对面不远处就有捷运站。听培园说，从机场坐四十分钟的捷运就到了。机场在新加坡东端，酒店则在中西部。星洲地方不大，交通方便。后来听当地人说，在新加坡开一个小时的车子就能绕个圈儿，也就是环岛一番了。

从窗户望出去，左手边有吃晚饭去的星悦汇，特大而且形状特殊。高女士说，上面有能容纳五千人的大礼堂，是她所属的基督教会建设，平时租出去的。我在其他地方没听说过这种事。右手边的大楼里有这次活动的主办单位新加坡教育部。周遭都是办公大楼和植物园般干净的热带树林，几乎没有庶民生活的气味。但庶民不是没有的。刚才吃饭的时候我看到，星悦汇的户外广场喷水池边，就有二十来个女性，在地面上铺着小地毯，随着师傅在练瑜伽。新加坡位于北纬一度，差不多在赤道上，气温够高了，晚上都有三十度。她们住久了不怕热？还是故意要在热气里练功？我后来得知，星悦汇是全新加坡第一个采用自然通风换气的购物中心。也许在喷水池边就感觉得到风吹。

推广华文教育

> 有个中学华文老师说："学生们努力学华文的目的不外是通过考试，然后再也不必学华文。"果然，越强迫越遭抗拒。人家很无奈地问我："你哪儿来的对中文之热爱？"答案：没人强迫我。

四月二十二日。今天有两场大专院校文艺讲座。上午去义安理工学院，乃以《爸妈不在家》在戛纳获得金摄影机奖的陈哲艺导演的母校。

演讲主题是：当日本人学起中文来。听众以女学生为主，而且是年纪轻轻的十七八岁在富有的社会里长大的一代，显然认为上大学是自己的权利甚至是义务，没有珍惜机会的态度；其实她们给人的印象跟我平时接触的日本大学生差不多。老师队伍里有好几位台湾人。新加坡国家小，缺了什么人才，就从国外请来。

九十分钟的讲座结束后，由教育部王博士开车，并由已退休的黄老师陪伴，到唐人街牛车水唐城坊商场里的松发餐厅去尝尝另一种当地风味的肉骨茶。据两位说，这原来是摊贩卖给苦力吃的食物。喝着猪排骨熬出来的清汤，沾着黑酱油嚼嚼排骨肉，吃下香喷喷的泰国米，最后喝小小杯的工夫茶。这是我第一次吃到肉骨茶，既单纯又好吃，尤其是胡椒味的汤水甚佳。另外叫的小菜如猪脚、烫青菜亦可口。我开始认为新加坡实在是美食天堂。

下午在酒店休息两个钟头，傍晚再出发，往第二场文学讲座的场地新跃大学去。这所大学就在上午去的义安理工学院隔壁，其实中间连隔开的墙壁都没有。在图书馆门口，中年的罗博士和年迈的区博士，两位高个儿先生迎接我们。罗博士是山东人，从创办时期起一直在新跃大学，已经十多年了。区博士则是已退休的原外交官，曾于一九七〇年代在东京六本木的新加坡大使馆工作过几年。我们先到义安理工学院的餐厅用餐，吃的是南洋便饭加上中式炒菜，都很好吃。我点了一盘柠檬鱼饭。唯一扫兴的是乌龙茶：个人茶杯里是放着茶包的。肚子饱了，去图书馆楼上的教室准备演讲。

晚上的演讲主题是：中文是我的世界之门。我本来要说是哆啦A梦的任意门，因怕不合适，才改称"世界之门"的。听众的平均年龄比上午高很多，其中有他们大学的毕业生、其他学校的老师、当地作家等。果然，对我演讲的反应也强烈得多，叫人讲得挺开心。他们都很好奇，一个日本人怎么会当上中文作家。等我讲完之后，罗博士对听众说：听一个外国人对中文这么热爱，各位感受如何？我们身为华人，有没有像她那样热爱过自己的母语？

　　我慢慢开始明白，这次他们举办各项活动、邀请我来的目的，就是要在新加坡国民之间进一步推广华文教育。

　　外国人都知道新加坡的英语教育在全亚洲最成功。但是，外国人不知道，同时在新加坡，华文教育倒成了大难题。年轻一代新加坡人觉得会英语就够了，要学华文是多余的负担。但政府推行双语政策，要求每一个新加坡人都学习英语和母语两种语言，否则中学毕业考试无法通过。如果华文真的是他们的母语，也许问题不是那么复杂。然而，总人口中占七成的华人，本来在家里讲的是福建话、潮州话、广东话、客家话、海南话等不同的华南方言。新加坡政府是为了拆掉不同族群之间的隔墙，也为了加强对国家的认同，自一九七九年起，推行华文即普通话的。结果遇到了广大国民的抗拒。一来，大家对自己的方言有感情，舍不得；二来，华语对很多小朋友来说，实际上是外语，要学两种外语的负担实在太大了。至今推行了三十年华文教育的结果，华文仍处于冷门，其社会地位一贯比不上英文。

　　叫人很尴尬的是，政府也不是一贯推行华文教育的。年纪大一点的新加坡人还记得，华文书写曾经受了何等压迫。为了推广华夏文化而由民间捐款成立的南洋大学，就是在一九八〇年被新加坡大学合并而消失的。有个当地诗人说，他在一九八〇年代当兵的时候，军队里不允许讲华语，而在每个士兵胸前的别针标志着方言种类，例如福建兵都别着橙色的针等。为了树立国家认同，容纳马来裔、印度裔国民颇为重要，众华人讲起共同的华语来，会有排斥异族之嫌。加上当年在新加坡社会有两种华人：以李光耀为首讲英文的海峡华人和讲方言读写中文的华人。前者当家的政府把英文定为工作语言，也禁止后者讲方言。等时代环境发生变化，即中国改革开放并推行市场经济，又要求大伙儿去学好华文，连乖巧的新加坡人都会不服气的。

有个中学华文老师说："学生们努力学华文的目的不外是通过考试，然后再也不必学华文。"果然，越强迫越遭抗拒。人家很无奈地问我："你哪儿来的对中文之热爱？"答案：没人强迫我。

回酒店房间打开电视机。新加坡的三个电视台都属于政府所有。看着华文节目，我始终搞不清楚到底是哪里做的节目。不像是大陆的，也不像是台湾的，应该是新加坡的吧？应该是。然而，看着看着，我连一个"新加坡制造"的标志都找不到。节目内容是众父亲带着各自的小朋友去滑雪，一种带有综艺性质的纪录片。每对父子、父女都有东方人的面孔。大家说的华语都没有口音，但有可能是配音的。我看不会是日本人，也许是韩国人吧？还是新加坡人呢？地方标志就是地方文化，除去了地方文化的华语节目，该是新加坡的。

世界书香日

这次的题目是：我和中文谈恋爱。听众有中学生、他们的老师、爱阅读的社会人士、当地作家等。大家的反应蛮不错。新加坡人的国民性格，好像是谨慎的开朗。

四月二十三日。我刚刚得知，今天是联合国制定的世界书香日。新加坡政府教育部，自从几年前起，开始把世界书香日活动和当地的文学四月天活动连起来举办。吃完了早饭，就坐教育部派来的年轻人小黄开的车，去华侨中学礼堂。听说，华侨中学和南洋女中是当地男校和女校中的名门，正如台北的建国中学和北一女一样，而且才子蔡澜的姐姐当了好多年的南洋女中校长。

今天上下午都在华侨中学礼堂有活动。除了华中、南女的师生以外，有好多所中学的老师带一批学生来听演讲。不同学校的学生穿着不同颜色款式的制服，光看着都很有趣，就是大多为白色或天蓝色的，没有北一女般的小绿绿。上午有两个当地作家演讲。中午休息以后，我和一位美国籍文学翻译者各自演讲。最后大家一起上台要应答听众提出的问题。礼堂周围有书店摆的摊子卖着各演讲者的书。我自己的书，也有繁体版和简体版，总共十几种。

礼堂里好冷，大概不到二十度。怎么冷气调得这么冷？我怕冷，在本来穿的连衣裙和薄上衣上面，又穿上了一层御寒毛衣；在强烈的冷气攻击之下，顾不得好看不好看了。林高先生是资深的男性作家，林容婵女士则是还在美国哥伦比亚大学念博士的年轻作家。林高先生谈到自己的作品，是描写故乡静山村的。今天的新加坡是未来城市，但是他长大的年代，多数人还过着乡村生活。在现实中早已消失的东西，用文字记录下来，化为大家共同的回忆，是文学的功能之一吧。一个人若没有记忆，就没有人格。一座城市若没有记忆，就没有历史。未料，接着上台的林容婵女士也谈到小时候的记忆。显而易见，新加坡社会面貌的新陈代谢非常快，连年轻人都感觉到赶紧记录以便记住的必要性。

等两位讲完了，有些听众向他们提问题。第一个举手的中学女生，当众问林高老师：您觉得新加坡人会支持新华文学吗？哎哟，这到底是何种问题呢？林高老师是过来人，脸色一点都没变，静静地回答说：过去曾有华文作品不能发表的时候，然而，有些作家如著名的尤今老师，当时把自己的作品放在抽屉里，等到中国大陆开放，就拿去那边发表，如今拥有很多读者了，所以，不管当地读者支持不支持，志愿文学创作的人，还是应该继续写，将来有机会在哪里发表都说不定。

　　大家到隔壁楼去吃自助式午餐。其中有很年轻的母语处彭司长和夫人，两位都是高中毕业就领政府奖学金去北京大学读了本科的，果然中文非常好。夫人说，她十八岁就决定去北京四年，并签了回来后教八年书的合约；当时很多人说，你书念得那么好，干吗不去英国、美国？然而，过两年放假回来，社会气候已经完全不同了，这回很多人都说，你去北京念书，多好啊！那转变发生在一九九〇年代到二〇〇〇年代，中国的经济快速起飞，人们对中文的态度也随之改变了。

　　自助餐内容很简单，但是样样都很好吃，而且有甜点绿豆汤以及咖啡、红茶。我对椰浆味的什锦菜颇感兴趣，问众人该怎么做。结果，大家都推荐超市卖的调味包，什么叻沙、海南鸡饭、肉骨茶，现在都有了，味道也很不错的。也许是新加坡地方小人口也少的缘故吧，经常出现"大家都说"的局面。

　　下午是"世界书香日暨文学四月天"的开幕式。有点像中国，主宾是行政首长。也有点像英国殖民地时代的香港，那首长是穿着抢眼旗袍的年轻女性。她是新加坡政府教育部兼贸工部政务次长刘燕玲女士，乃属于执政的人民行动党政治家。刘次长显然是当地的社会名流，以明星一般的姿势站在舞台上，指挥在场的八百多人一起喊：乐学华文，受用一生，同时做心形手势后再竖立两个拇指。稍后提问题的中学女生，首先控制不住就喊出来：今天能亲眼看到刘次长很高兴，您是我们的偶像！

开幕式下午一点半开始。有主宾与几位来宾致辞，然后给十名优秀中学生颁发奖学金。接着由南洋女中学生跳民族舞，由小朋友们演出短暂的默剧。然后，终于轮到我演讲了。这次的题目是：我和中文谈恋爱。听众有中学生、他们的老师、爱阅读的社会人士、当地作家等。大家的反应蛮不错。新加坡人的国民性格，好像是谨慎的开朗。我的演讲结束以后，美国籍译者白雪丽女士就上台，讲讲约二十年前来到新加坡以后，如何学了华文，又如何开始把华文作品翻译成英文等等。最后，我们坐在台上的沙发上，在当地诗人蔡志礼教授的主持下，回答听众提出来的问题，并互相交换意见。

这一趟新加坡之行，最大的任务就这样完成，叫人松了一口气。教育部派来的小黄带我和台湾大田的总编培园先回酒店，然后六点钟再开车来接我们去吃饭。他是马来西亚华人，今晚要带我们去尝尝槟城的美味。

马来西亚人在新加坡政府工作，使我稍微吃惊。他说，马来西亚华人读的独立中学，是完全由华人社区兴办的学校，华文教育水平比新加坡高。但是，马来西亚政府不承认"独中"的文凭。所以，毕业生只好离开祖国去海外上大学。小黄夫妇都是从马来西亚来新加坡读大学，毕业后就留下来从事教育工作。

我们在日本，从小就听惯了：在法律面前，人人平等。虽然现实中有许多不平等，但是作为理念的"人人平等"从来没有被质疑过。然而，到了南洋，情况就很不一样。马来西亚政府公然优待马来人，新加坡政府则把当地人不愿意做的工作叫外劳去做。坐在轿车上，经常看到卡车后面载着十多个黑皮肤的工人。这边是系着安全带坐在开冷气的小轿车里；那边则是蹲在冒着热气的装货台上。听当地人解释：卡车后边写着"12"就意味着允许载十二个人的意思。当地人是司空见惯，我还是不习惯。

这是星期六的晚上，一栋商场里的槟城餐厅，一开门就坐满了客人。以自助餐形式供应的槟城美味，从叻沙、虾汤粉、牛肉咖喱、炒粿条、沙嗲、粉果、虾膏拌蔬果、娘惹式开放春卷，到糕点、冰点，五花八门，应有尽有，而样样都很好吃。新加坡实在是美食天堂，在那里吃什么都很好吃。尤其是这家槟城自助餐，每样菜都做得特别精致，叫人埋怨自己的肚子不能容纳更多食品。

吃完了饭，小黄把我们送回酒店。明天还有最后一场演讲，幸好是下午的。他十一点一刻要来接我们，然后到图书馆附近的餐厅，先由教育部母语司宴请这次活动的四个演讲者。

到了酒店，我放下东西，马上又出去，到星悦汇商场地下的超级市场。来新加坡已经三天了，一直没碰酒水，我要买两罐鸡尾酒装在客房冰箱里。另外，我对大家齐声推荐的方便叻沙也非常有兴趣。还好，离商场关门的十点钟还有半个钟头，我能够先在屈臣氏买护发膏、保湿霜等。新加坡屈臣氏卖的东西，我觉得非常贵，要找最便宜的商品，才合我的预算。超市卖的酒都很贵，是政府不要国民喝太多吧。我买了两罐鸡尾酒，一个是闻名于世的新加坡司令，另一个是伏特加柠檬。新加坡司令的红辣椒色罐头很好看，可惜回酒店打开尝一尝，味道有点怪怪的。也许是政府不要国民喝太多所致吧。

已经做了三场演讲，而有些人每场都来听，还是换点内容，对自己对听众都好。于是，边看着新加坡制作的华语电视节目，边修改讲稿换幻灯片。这次的电视节目是介绍新加坡历史上的名人，果然谈的是卖万金油发财，在中国香港、新加坡建设了虎豹别墅的胡文虎之生平。胡文虎的名字，连我在日本都从小听过很多次。在新加坡，该是更有名到人人皆知吧？拍成电视节目，当地人会觉得新奇，有创意吗？看来，新加坡的华人文化，真是面对着大难题。第二天早上播放的节目，则给当地小朋友教教两百年以前，从中国来到南洋的苦力们过的是如何艰苦的日子。闷不闷是一回事，吸引不吸引人也是大问题了。

新加坡的味道

> 回日本打开黄老师赠送的咖椰甜酱，涂上吐司吃一口，啊，这就是新加坡的味道了，没有错。

四月二十四日。下午有兀兰区域图书馆主办的公开论坛。因为昨天认识的当地年轻作家林容婵小姐想要知道我成为中文作家的具体过程，所以我在事先定好的题目"我如何成为了中文作家"上，要补充一些具体的信息了。为此目的，昨晚就在网络上收集了一些老朋友的照片以及港台报纸的头版标题等。

星期天中午，在商场楼上的美食街，各家餐馆都客满；我们去的粤菜馆也只留下最靠近出入口的位子。这回坐在我旁边的推广华文学习委员会林美君秘书长对我说：因为是周末，用人都放假出去，大家只好出来在餐厅吃了。原来如此。她说，家里孩子是两兄弟，彼此说英语，电影要看英文的，书也要看英文的。身为推广华文学习委员会秘书长，应该很头疼吧？这次吃的是高级粤菜，有龙虾、鲍鱼等，我偏偏对小碟上的香焖花生有兴趣。林秘书长告诉我，楼下的超市就有卖罐装的。于是吃完后，我们先到超市买吃的，然后再去图书馆礼堂。

最后一场是白雪丽女士先讲，然后是我演讲。不知怎的，我一开始讲话就讲个不停，昨天和今天都有人递给我字条说：还有五分钟。不知怎的，我总是有说不完的话。今天讲了从前我去中国留学时的经验，以及后来在多伦多遇上许多华人的回忆。没想到，有位听众说："谢谢你讲中国的历史给我们听。"人活着自然就变成了一本历史书呢。

在图书馆跟教育部的各位告别。由小黄开车带我们去印度街吃咖喱。在那儿，是我到了新加坡以后，第一次看到街上有垃圾，在停车场电梯里也闻到了垃圾味。街头站着许多南亚人，大多是年轻人，全都是男性。小黄说，几年前有个印度劳工喝醉酒以后闹事，后来政府便禁止便利商店卖酒。新加坡面积小，一个地方发生骚动，搞不好会很快就波及到全国去。所以，要管得很紧，是可以理解的。当地人告诉我说：本来政府要引进更多移民，但是在上次的选举中，很多新加坡人投了反对票，政府也只好调整政策了。

小黄有个同事是印度裔的。他借由智慧型手机得到指示：该去哪家餐馆，点哪些菜等。结果，我们吃的鸡肉咖喱、菠菜起司咖喱、鱼头咖喱，都蛮不错。而且是在桌子上，摊开很大的香蕉叶当盘子吃的。蛮有趣。这回我忍不住问了小黄：可以喝杯冰啤酒吗？

吃饱后，小黄还开车带我们去滨海湾花园。来新加坡五天，这是唯一踏足的观光景点。在热带的夜晚，许多当地人、游客在外头走走看看。所推出的概念是完全人工的自然。非常新加坡。感觉呢，还不错。在酒店门口跟小黄告别。第二天要来接我的是已退休的教育官僚黄老师。

四月二十五日。在酒店一楼吃早餐。菜肴种类不是非常多，但是品质蛮好，而且每天都稍微变化。黄绍安老师开车来接我。他老人家已经六十好几了吧，但是身体、头脑都非常健康敏捷，许多年轻人都赢不过他。到了机场，他还陪我逛逛超级市场买吃的。然后，一定要请我喝当地亚坤咖啡店泡的奶咖啡，也帮我买新加坡人吃早餐不可缺少的咖椰甜酱。最后，我要说非常感谢时，他断然阻止我道：你不用说客气话。好，那就挥手拜拜，我走了。

在新加坡过了短暂的五天时间，印象可以说很好。我觉得，全世界最像日本人的民族，非新加坡人莫属。他们的勤劳、乖巧以及无奈，真的很像我们。这个富有国家的人民清楚地意识到，为了经济繁荣，付出了什么代价。有人还主动告诉我：前些时缅甸的昂山素季来访，被问印象如何。她回答：新加坡办得很成功，但她希望缅甸走另外一条路。新加坡在表面上看来是很先进的国家，但是空气里还飘着点朴素的东西，也许是热带气候所致吧？后来，回日本打开黄老师赠送的咖椰甜酱，涂上吐司吃一口，啊，这就是新加坡的味道了，没有错。

伍

品尝吃过的美食，找食谱忆当年

——中文带我吃遍全世界

中餐好聪明

煮五花肉，做成一盘白肉片、一盘回锅肉、一大碗汤，可以说是：一石三鸟，一举三得。这样彻底合理的做菜战略，不管查了多少日本菜食谱，都找不到的。

我老劝学生们去国外留学，因为年轻时去留学的地方将会成为第二个故乡。有了第二个故乡有什么好处？岂不是能拥有两种故乡菜吗？若是如今的日本年轻人恐怕会反应说：是那个呀？我可确信，人生的意义、做人的幸福，都在于小小且具体的经验中，而这种现实主义的生活态度，我也是通过学中文体会到的。

想起来自己都难免吃惊，我二十出头的时候，在北京待的时间其实不到一年。但我说的中文一辈子都有微微的京味，我家的饭桌上则常常出现京菜。例如：木须肉、葱爆羊肉、西红柿炒蛋、白肉片、京酱肉丝、燕京茄子、炸酱面。这些菜式一般不会出现在日本家庭的饭桌上，然而在我家却属于家常便饭之列，以致孩子们上中学以后说：现在才晓得咱家吃的东西跟别人家不同。

尤其是木须肉，既简单又好吃。再说日本人对木耳有莫名的憧憬。反正价钱不贵，容易入手，何妨买来一袋在家里弄盘木须肉？但是，大伙儿还是说：木耳属于中餐，也就是外国菜，自己做该很难吧？而且听说炒中国菜非得有火力极强的专业炉子不可，对不对？于是我说：从前我留学中国的年代，人家煮饭、炒菜还全用煤球炉子呢，哪儿有专业瓦斯炉？开玩笑！但是岛国心态的日本人就是不相信。

有一次，我在北京外国语学院时的日本老同学来做客。她已经住在纽约很多年，回日本、去中国的机会都不多。所以，我特意为她做当年常吃的北京菜，一边端上木须肉，一边说："记不记得我们当年经常吃这个？你应该好久没尝到了吧？"谁料到，老同学却以美国式的直率态度说："我在纽约唐人街常吃这个呢；那里还有木须鸡、木须虾呢。"

纽约到底是世界的首都，不仅有木须肉，而且有花样不少的木须料理。相比之下，我在日本的餐厅吃到木须肉的经验至今只有一次，乃在北京中央音乐学院毕业的音乐家夫妇曾在东京阿佐谷经营的东方园中餐馆。当厨师的关先生是满洲八旗家族出身，从小在北京西四的四合院里长大，孩提时代吃喝的记忆，一辈子准确地保留在舌尖上，无论烙春饼还是炒菜，都做得出地道北京旗人家庭的味道。另外就是二〇一五年九十四岁去世的小说家阿川弘之，在获得读卖文学赏的饮食散文集《食味风风录》里，仔细介绍的"musurou"，显然就是木须肉了。虽说是读到而不是吃到，名作家的笔力很厉害，叫读者有饱满的感觉。

　　如果早年没去北京留学的话，我家饭桌上也不会出现葱爆羊肉，因为日本人很少吃羊肉，而且一般都不晓得中餐里羊肉是常见的食材。东京超市甚少卖羊肉，偶尔出售的，要么是从纽西兰进口的羊小排或者为了做北海道名菜"成吉思汗锅"而用的羊肉切片。北海道是明治维新以后才有大批日本农民住进去开垦的"国内殖民地"，生活包括饮食水准都曾长期低迷。所以，在广阔农园边做边吃的"成吉思汗锅"成为当地名菜，可以理解也情有可原。尽管如此，在北京待过的人无法不发现，这种北海道名菜，其实就是老北京菜烤羊肉的变种，可惜随时间失去了老祖宗在味觉上的细腻。

　　说不定就是物以类聚吧，在我亲朋好友中，爱吃羊肉的人特别多。但是，多数日本人仍然一听到羊肉就说："会腥吧？"那是他们没吃过上好的羊肉料理，只尝过北海道味道的"成吉思汗锅"所致。据我所知，在东京，只有纪伊国屋国际超市常备有涮羊肉用的冷冻羊肉薄片。我家冰箱则常备着一包羊肉，随时拿出来，不仅可以做涮羊肉，而且可以做葱爆羊肉或新疆味的拉条子，这样就能够给饭桌添上一点色彩。

　　跟难以入手的羊肉相比，鸡蛋和西红柿可以说是日本每个家庭都常备的食材。尽管如此，两者炒在一起的西红柿炒蛋却至今没有被广大日本人发现。这道菜，其实说不上是北京菜，我在中国旅行去过的地方都有它且受到各地小朋友们、大朋友们的支持。没想到在电影《总铺师》里，代表台湾妈妈之味的家常菜也是它，叫我看了诧异：哟，菜脯蛋什么时候输掉了？无论在什么时代、什么地方，人们都倾向于把舶来品神秘化。所以，你跟日本人吹：做中餐非得有火力极强的专业炉子不可，他们愿意相信。反之，你说：就用家中冰箱里的鸡蛋和西红柿，随便炒炒后放盐、糖、胡椒调味一下，就可吃到如今在全世界最受欢迎的中式家常菜，他们却回以疑惑的眼光。

白肉片的处境可以说更荒唐。在日本超市里卖的一包约五百克猪五花肉块，众所周知，用白水煮熟后切成片就是白肉片，跟应时的蔬菜炒在一起便是回锅肉了。可是，日本人买了五花肉块，就是不肯乖乖地把它放进白水里煮。反之，今天在日本，最普遍的五花肉菜式为"猪固肉（猪肉块）"，顾名思义，是在红茶水里煮熟的五花肉块。也有人主张：碳酸水里煮的五花肉最嫩，因而就把肉块放进可乐中煮。本来就味道好的五花肉，不管煮在红茶里还是煮在可乐里都不难吃吧。但，超难忽视的是，他们把捞出肉块以后的汤水，毫不犹豫地倒掉。所以，古老中国的老祖宗就叫你在白水里煮肉嘛，以便用那清汤来做青菜汤也好，蛋花汤也好，总不至于把红茶味、可乐味的肉汤全浪费掉。

日本有俗语说：一石二鸟，就是一举两得的意思。煮五花肉，做成一盘白肉片、一盘回锅肉、一大碗汤，可以说是：一石三鸟，一举三得。这样彻底合理的做菜战略，不管查了多少日本菜食谱，都找不到的。日本人却用红茶、可乐来糟蹋汤水而自以为是，我作为他们的骨肉同胞很是难过，看不惯。彼此的区别，究竟是从哪里来的？我想应该是中文善于合理思考所致。

除了中餐以外，也具备高度合理性的菜式，还有法国菜。某一天，我翻着法国修道院的食谱，看到一则记述而拍了大腿。食谱说：在二重锅上架蒸蔬菜的时候，同时可以在架子下熬汤。这种做法以及思考方式，跟香港茶楼把多层蒸笼重叠起来用，或者台湾电锅始终附设着用来隔层之配件，可说异曲同工，就是连蒸汽都不肯浪费，合理极了。看来，称得上世界名菜的，一定具备着高度合理性，叫人做了觉得：这样很有道理。而在合理性烹调术背后，则一定有合理的思考方式以及支持它的语言。

我觉得中餐和中文有共同的合理性。反之，日本菜和日语有共同的啰嗦。你走进去看看日本人的厨房，就知道我的意思了。据调查，日本家庭平均拥有二十个锅子；九成以上的家庭拥有双耳深锅、平锅、砂锅、寿喜烧锅，八成以上拥有双耳和单柄浅锅、天妇罗锅、中式炒菜锅，五成以上拥有压力锅。深锅是做味噌汤用的；平锅则是煎鸡蛋、牛排用的；砂锅和寿喜烧锅是做火锅用的；天妇罗锅是油炸食品用的；中式炒菜锅当然是做青椒肉丝和麻婆豆腐两款在日本最受欢迎的中菜用的。每个锅有特定的用处，偏偏缺乏"泛用"的思想、"普遍性"的概念。再加上电锅、吐司机、微波炉等，果然日本厨房里拥挤不堪。

所以，当我说，做中菜只需要一个炒菜锅，可以用来煎、炒、炸、蒸，甚至熏，众日本人又以疑惑的眼神看我。当我跟着说，做中菜也只需要一把菜刀，他们的疑惑更加深了。也不奇怪，日本家庭的厨房一般都有大小长短宽细不同的好几种刀，却哪个都没有中式菜刀结实，所以切断鱼骨还行，砍断鸡骨、猪排骨就不可能了。结果，这些食材不会出现在日本家庭的饭桌上。

我在大学教的一名学生，交上了个华人朋友。他有一天到朋友家吃顿便饭，结果大开眼界，改天特地来向我报告。原来，那位朋友做炒饭和蛋花汤，只用了一把炒菜锅，是炒好饭以后，直接往锅里放入水做成汤的。叫日本学生最感动的是：一饭一汤完成的时候，连锅子都干干净净呢！如果是日本人，一定要用两个锅，也非得动用洗碗精不可。日本人普遍爱吃中餐，但中菜的做法一直没有传到日本家庭去，我估计一个原因是中日两种语言的思路离得很远。

话虽这么说，日本菜也不是完全没有合理性高的菜肴。首屈一指的是寿司，其次则是天妇罗，果然跟外国人对日本菜的首选不谋而合了。我爷爷、爸爸、伯伯、叔叔都曾做过寿司师傅，如今也有堂哥、堂弟开寿司餐厅。我算是从小耳濡目染的，长大后偶尔在家里捏一捏请亲朋好友吃。客人都问：你花很长时间准备的吗？我说：没有啊，就是今天中午吃完午饭后才出去买的材料。而我最喜欢在鱼店里看看有何种鱼。除了鲔鱼、鱿鱼、鲷鱼、鲑鱼等常备的鱼以外，不同的季节会有不同的鱼类，如春天的萤乌贼、夏天的鲣鱼、秋天的秋刀鱼、冬天的白鳕鱼。有趣的是，无论是什么海鲜，弄成寿司始终是最可口的吃法。连中国台湾名产乌鱼子，我都推荐你下次弄成寿司吃，你一定会同意我的。

　　至于天妇罗，在国外的名气没有寿司大。可是，在日本，它是相当有地位的菜肴。在大碗里放一杯面粉和一杯冷水再搅拌一下，然后从冰箱拿出任何蔬菜，例如洋葱、胡萝卜、南瓜、莴苣、茄子、青椒、番薯，以及任何海鲜，例如虾子、鱿鱼、多春鱼、沙丁鱼，先抹上干面粉以后，再蘸上面糊，放入一百七十度的热油里炸一下即可。天妇罗是很宽容的菜式，几乎什么材料都可以用。有一次，我家冰箱空荡荡，只好拿出海苔来做天妇罗，未料味道不错，而且油炸的面糊会饱肚子。

　　近年，海外来的日本菜粉丝越来越多。各国的中产阶级男女，要么自个儿要么作伴来逛东京，等肚子饿了就光顾当地的寿司店、拉面店等。好在日本的餐厅很多都在外面玻璃柜子里陈列食品模型，或者菜单上有彩色照片，叫不懂日语的外国人也容易点菜。寿司店、拉面店、荞麦店、御好烧店，都一个人点一个菜就可以。不像去有点规模的中餐馆，除了点冷盘和几种热菜以外，服务生还会问你："要不要汤水？主食？甜品？"点菜过程复杂累人。

其实，点菜过程简单并不是值得骄傲的事。以前，我常为在东京招待外国客人而深感烦恼，因为此间除了特别高级的食肆如怀石料理屋以外，甚少有像中餐馆或西餐馆那样，供应多种菜肴的日本餐馆。冷静想一下，一个人点一种菜即可的食肆，不外是小吃店了。但是，晚餐时间，带外国客人去小吃店，不合适吧？唯一的答案是居酒屋，以廉价提供各种料理，包括刺身、天妇罗、烧鸟、饭团、荞麦面、绿茶冰淇淋，问题就是等次不高，而且日本客人大多都喝酒喝到醉。外国客人如果不习惯，该怎么办？

谢天谢地，时代环境变得很快。伊丹十三导演的拉面西部片《蒲公英》在美国爆红以后，来日本的外国人就知道拉面店是怎么回事了。回转寿司连锁店在海外的普及也起了作用。总之，外国游客来日本愈来愈倾向于一家一家地光顾回转寿司店、拉面店、荞麦店、御好烧店，累了就在超商买豆沙面包和泡芙吃。这样子既能体验日本人的日常生活又能控制费用。尤其，当中国年轻人来日本，寻找的除了蓝色天空以外就是资本主义国家大都会的生活方式，包括一个人、两个人面对柜台吃饭。

一九九一年的日本随笔家俱乐部赏得奖作品，林望的著作《英国很好吃》，刚问世的时候带来的冲击，我至今仍记忆犹新。之前，经常听说英国菜很难吃，自己去伦敦也被既硬又柴的牛排给吓住过，但是，看日本文献学家在英国旅居两年以后写出的生活散文，果然英国也有独特的饮食文化，即使说不上美味，至少有朴素可爱之处。例如，在院子里种的苹果树，当果实熟透，等自然落地捡起来后，就能在自家厨房做成苹果派吃。这样的生活还是蛮令人羡慕的。

林望去英国，本来是为了跟英国学者共同编纂《剑桥大学所藏和汉古书综合目录》。该书获得一九九二年的日本国际交流基金奖励奖。幸亏，他除了做文献学研究以外，还仔细观察了英国人的饮食生活并用日语写成散文。结果，《英国很好吃》一书大大地改变了日本人对英国的刻板印象。这本书的标题取得也很好，既易懂又违背世人的定见，因而充满意外性。

从前的日本人去中国留学，回来后写出的饮食散文中，也不乏名著。例如，迷阳先生青木正儿（一八八七——一九六四），专精于中国文学、戏曲等方面的广泛论述考察。他也是把鲁迅介绍给日本读者的第一个人。迷阳先生毕业于京都大学中文系，一九二〇年代被日本文部省派去中国访问江南、北京等地，回来后写的多数著作里，就有《华国风味》《酒肴》《抱樽酒话》《中华名物考》等，是以中国文化的深渊造诣为基础的有趣散文。他也写过《琴棋书画》一书，颇理解在日常生活中实践文化活动的意义和重要性。

我苦学英文，最大的回报是能给自己的孩子们教英语。目前他们还没开始学中文。所以，我乐学中文，最大的回报是能看中文食谱，给家人做中菜吃。当然，自己没吃过的东西，即使看着食谱做都心里不踏实。反之，曾经吃过的东西，过了很多年以后，还能看着食谱回想起当年的味道来，成功地复原了阔别已久的菜，感动的程度不亚于重见老朋友。所以，年轻人，赶紧去留学吧！

多伦多的芹菜肉丝

> 不分男女，凡是有文化的人，一般都会做菜。北京工程师的芹菜肉丝、东北大汉导演的马铃薯肉片、蒙古族舞蹈家的羊肉汤，一个一个味道都回到我舌尖上来。

"你吃得惯中国菜吗？"我在中国留学的时候，常有人问我。

"吃得惯。"我每次都礼貌地回答。实际上，中国菜也有各种各样的，何况当年中国的经济水平还不是很高，物流也没那么发达。例如，北京一对教师夫妇在他们家请我吃的手工猪肉韭菜水饺，猪肉是全肥的，韭菜是在冬季的外头冻过的，自然不会很好吃；但是吃着人家费尽心思特地为我准备的一顿饭，我也只能说"很好吃"。

当时觉得真正好吃的中国菜，除了北京名菜烤鸭、涮羊肉等以外，主要还是在旅游去的地方吃到的当地菜，如东北的朝鲜烤肉、成都的麻婆豆腐和担担面、杭州的东坡肉和莼菜汤、上海的小笼包等。我对于中式家常菜的认识，来得较晚，可追溯是待在多伦多，跟中国朋友们来往的时候。其中印象很深刻的是一位北京男人炒的芹菜肉丝。

他是一位工程师，在美国读完大学以后，任职于多伦多一家电脑公司。当时，中国的知识分子往往几个人租一间较大的公寓一起住。工程师住的是位于多伦多中心区的高级公寓，一间有四个卧房的单位，客厅、厨房都很大。有一天，他请几个朋友在他家吃饭。我抵达的时候，别人都还没有到，主人则在厨房里做准备。几个中国男人共用的厨房，设备很简单，只有电锅、炒菜锅、筒形锅、砂锅、蒸笼、盖子、菜刀以及菜墩子各一个。在瓦斯炉旁边摆着他已经切好的材料，包括切得很细的肉丝和芹菜丝。

早在中国留学时代，我就去过一些当地朋友家吃饭。如果请客的是夫妇，先生担任厨师的几率较高，而我当时以为那是社会主义的优越性之一。可是，单单一个男人为几个客人做饭的场面，我是第一次遇上。所以，对那工程师亲手切得细细的肉丝和芹菜丝，我感觉非常新鲜。

"这你要怎样调味的？"

"就是放盐啊。"

"只放盐，不放别的？"

"嗯。"

我觉得大开眼界。原来，中式家常菜是如此细心地准备，如此单纯地做的。哪像我们在日本接触到的中菜食谱，一定要放葱姜蒜不在话下，还非得买来甜面酱、豆瓣酱、海鲜酱、蚝油、辣油、味霸、XO酱等不可，否则得干脆买来味之素公司推出的调包"Cook Do"。同时，日本人切肉的功夫也实在太差了，说是"细切"实际上是"乱切得细"罢了。相比之下，北京工程师把一块瘦肉，先切片后切丝，结果纹理整齐美丽得很呢。

等朋友们到齐了，工程师开始把一盘又一盘菜端上桌来。其中有翡翠颜色悦目的芹菜肉丝，果然清淡鲜美。从味道和颜色推测，他好像真没放酱油或其他现成的调味料，连胡椒味都尝不到，至多加了点糖和酒而已。

"菜做得都不错。今天咱们过什么节日来的？"有人问。

"你们给我过生日呢。"主人答。

"唉哟，是你的生日？怎么不早说呢？"我都着急起来了，因为没有好好准备什么礼物。

"在中国，过生日的人请客才对。"工程师说。

后来，一些中国朋友私下告诉我，他们家都没有过生日的习惯。也许，那工程师的家庭条件较好，或者父母文化水平高，教好儿子：逢生日要请朋友们吃饭。很好的家教才培养出能把肉和菜都切得既细又美的专业人士。

我在日本的老家，因为爷爷是寿司店老板，爸爸和他兄弟当过厨师，可说有男人下厨的家庭传统。可是，大部分日本男人，直到二十世纪末，都不仅不会做菜，而且还引以为荣。幸亏我有机会出国，见到很多会做菜的好男人。

　　比如说，在多伦多的六年半时间里，我认识了每个周末做菜请好几个朋友吃的当地摄影师约翰、离开家乡后好几十年都继续做妈妈味的德国籍广告导演，还有到了中午就从冰箱拿出奶油、起司、宽面来，只花几分钟就弄成超好吃的白酱意大利面的法国籍美术设计师等。通过跟他们的来往，我深刻体会到：做菜是文化修养的一部分，不分男女，凡是有文化的人，一般都会做菜。北京工程师的芹菜肉丝、东北大汉导演的马铃薯肉片、蒙古族舞蹈家的羊肉汤，一个一个味道都回到我舌尖上来。

　　日本人往往以为，跟细腻的日本菜相比，中菜显得大方粗鲁。西方人也常常误会，中餐普遍多用味精。每次听到那些错误的谴责，我都想起那切得细细整齐的芹菜肉丝来，而进一步想象，它呈现绿玉石的美丽颜色，说不定就有逢生日祝福长寿的意义，人家真不愧为一名中国文化人。

原来鲑鱼有三种名称

对生吃鲑鱼有忌讳的日本人，改其名为三文鱼以后，才能入口并爱上。中国台湾人则实事求是，把日本产鲑鱼叫做鲑鱼，把大西洋三文鱼也叫做大西洋鲑鱼。

香港有美食家朋友在报纸的专栏里大骂当地一家日本餐馆，收客人高价居然供应三文鱼寿司。他写道："三文鱼是问题颇大的食材，野生的会有寄生虫，养殖的则有抗生素，也会污染海洋环境，连敢吃的日本人都敬而远之，他们若看到香港回转寿司最多的是三文鱼，大概会嗤之以鼻吧！"

那位美食家朋友去过日本很多次，也光顾过好多家三星级食肆，但是对于日本庶民的饮食生活显然不大了解。我就给他写了回音，从东瀛老百姓兼东京"朝日鮨"寿司店老板孙女的角度补充了几个观点。

首先，在我东京长大的孩提记忆里，确实没有三文鱼寿司。当年日本小朋友最喜欢吃的寿司材料是鲔鱼和乌贼，一红一白，如果再加上黄色的玉子烧（炒鸡蛋），看起来美丽吃起来可口，就没得说了。至于三文鱼，日本人本来称之为鲑鱼，是生在北海道河流里，长在根室海峡，到了繁殖期又回到出生地产卵的淡水鱼。由于有寄生虫，所以不适合生吃，只有用盐腌过的鱼子才适合做成紫菜卷吃。当年也听说，北海道原住民阿伊努人就把鲑鱼肉先冰冻后切成薄片吃，那样子能杀掉寄生虫，再说是现钓上现处理的货色，自然新鲜无比了。相比之下，在好几百公里之外的东京，老百姓吃的大多是用盐腌过的"盐鲑"，在瓦斯炉上烤熟后吃，会是饭团或茶泡饭的好材料，然而生吃鲑鱼是老祖宗传下来的禁忌，谁也不敢冒犯。

记得一九八〇年代末，我有一次从海外旅居地回日本探亲，爸爸为我准备的寿司里果然有橙色的鲑鱼。他说："这不是北海道的鲑鱼，而是最近开始从挪威进口的三文鱼，不仅可以生吃，而且比鲔鱼肚子肉还要肥美呢。"我后来得知，打从一九八〇年左右开始，挪威向日本出口可生吃的三文鱼。在这之前，该国政府一九七四年派来的渔业代表团发现日本有刺身、寿司等吃生鱼的饮食习惯，然而当地产的鲑鱼不能生吃，如果挪威能供应适合生吃的大西洋鲑鱼的话，潜在市场会蛮大的。挪威政府渔业部计划的"日本项目（Japan Project）"成就可观，成功地说服了日本人：北海道产鲑鱼和大西洋三文鱼是两回事，后者因为在无菌鱼塘里人工繁殖，所以没有寄生虫，不用怕会闹急性肝炎，吃起来既安全又鲜美。几乎同时，南美智利也开始养殖大西洋三文鱼了。现在，日本进口低温冷藏的挪威货和冷冻运输的智利货，挪威产的价钱较高，智利产的市场占有率更高了。

总之，今天问日本小朋友最喜欢吃何种寿司，孩子回答最多的是三文鱼，打下了传统的寿司皇帝鲔鱼肥肉（第二名）和寿司皇后鲔鱼瘦肉（第三名）。至于大人，所有年龄层的女性以及未满五十岁的男性也全说：最喜欢吃三文鱼寿司。所以，三文鱼寿司风靡的绝不仅是中国香港，在日本都人人爱吃三文鱼。众所周知，内地的中国人也不甘落后，二〇一〇年起挪威产的高级三文鱼进口量都超过日本，而其中八成以上当刺身或寿司材料生吃。

回想一九八〇年代，我留学中国的年头，当地朋友们对日本人吃生鱼的习惯，无例外地摇头表示不可理解。转眼之间，三文鱼成了中国城市超级市场经销的标准商品之一。谁能不被"三十年河东三十年河西"之感所袭？记得一九八五年的劳动节假期，我在哈尔滨应邀参加了当地干部招待香港商人的宴会，桌上除了茅台酒以外，还摆满山珍海味，其中有骆驼掌、一种叫猴子头的蘑菇，以及整条大马哈鱼。那种鱼的味道很像我从小熟悉的北海道产鲑鱼，该是黑龙江或乌苏里江钓上的吧。相信当天在场的来宾没有一位能预料到，三十年以后他们会生吃大马哈鱼了。

华人中，最早开始吃生鱼的该是台湾人，跟着是香港人。一九九〇年代中期，我居住香港的日子里，刺身、寿司早已是酒店自助餐很受欢迎的料理之一。人气最高的是三文鱼，然后是章鱼和吞拿鱼（即鲔鱼）；我当时就猜想是喜气洋洋的红颜色和柔软的口感赢得港人认可的。其实，就是中国香港人把英文salmon译成三文鱼，把英文tuna译成吞拿鱼的。反之，中国台湾人至今沿用日文传统的说法，不仅把tuna叫做鲔鱼，而且把鲑鱼仍叫做鲑鱼。对生吃鲑鱼有忌讳的日本人，改其名为三文鱼以后，才能入口并爱上。中国台湾人则实事求是，把日本产鲑鱼叫做鲑鱼，把大西洋三文鱼也叫做大西洋鲑鱼。

讲回香港美食家朋友，他常来日本，也常光顾高级料理店，但是从来没遇到过三文鱼刺身或者寿司，因为高级日本餐厅的厨师一定要用国产的天然材料，例如青森大间的鲔鱼、濑户内海的鲷鱼、长崎的比目鱼等，由他们看来，人工养殖的进口三文鱼是上不了台面的贱货。然而，老百姓过日子是另外一回事了；只要安全、好吃、价钱合理，挪威产、智利产的三文鱼有什么不好呢？所以，无论在银座还是在涩谷，百货公司上层的寿司店或者位于地下层的超市里，三文鱼寿司都摆在正中间，大显帝王威风。至于养殖鱼包含的抗生素等添加物，过去海外确实有过质疑安全性的报道。不过，日本进口养殖鱼的每个关口都有官方开设的检疫所，按照日本标准进行检查，所以一般相信没有问题。我作为老东京人，至少可以保证：普通日本人都吃三文鱼寿司，绝不会对爱吃三文鱼的香港人"嗤之以鼻"。

拉面是中餐还是日餐

日本人和华人历来对"拉面"有各自的幻想，而就因为是幻想，犹如三面镜里的景色一样，无论多么迷人，想抓也永远抓不住。

作家陈冠中先生带夫人于奇女士来东京度假，从中心区坐中央线电车老远到西郊我家来做客。我问他们过去几天在东京吃得好吗。未料，两位异口同声地说："我们对日本菜样样都很喜欢，例如，寿司、天妇罗、荞麦面、乌龙、炸猪排等都很好。只有一种，我们吃不大惯，是'拉面'。"

唉哟，这下子很有意思了。

他们继续道："怎么现在日本'拉面'的汤都很浓、很油，不像以前那样酱油味的清汤了？"我马上领会其意说："啊，你们说的是九州博多式的'豚骨（猪骨）拉面'吧？现在很流行的。但是我和女儿都不大吃那个，太油了嘛，虽然老公和老大儿子还蛮喜欢吃。"女儿直点头表示完全同意。

陈先生是上海出生、香港长大、美国留学，活跃于内地与港台的奇才，吃日本菜的经历该有几十年吧。太太于奇女士则从前就读过东京外国语大学，也算是一名日本老手。果然夫妇俩在东京，选食肆、点菜、拿起筷子享用都很顺利。再说，大家年纪也不小了，如果在年轻时或许嫌太清淡的菜式，他们都能够接受、欣赏。然而，偏偏对"日式拉面"近年来的演变，摇头不解的样子。

我觉得很有趣。首先，"拉面"这种食品，日本人以为是中餐，华人倒以为是日餐。日本人一般都相信，到了中国什么地方一定都会有"拉面"的原型。所以，去中国旅行、出差、留学，却找不到类似"拉面"的当地食品，难免有被狐狸迷住了一般的感觉。然而，至少在今天的中国，是没有"拉面"的原型的。它其实是"日本人演绎的中餐"。

据说，十九世纪七〇年代的横滨中华街，有跟着欧美人从香港转来的华人厨师，拉着摊车卖一种汤面，无不像台南的"担仔面"，或者香港的"车仔面"，那才应该是"拉面"的起源。后来，东京浅草等地出现日本人开的铺子供应"支那荞麦"，乃从唐人街的华人厨师继承加碱水和面的技术，其他方面倒受日本传统面点的影响。那种汤面最后发展成了完全独特的式样，也就是今天大家熟悉的"拉面"了。二十世纪后叶的华人普遍相信那应该是地道日本菜，为了跟中式传统的"拉面"区别开来，特地加了"日式"两个字普及到各地去的。

对日本人来说，包括"日式拉面"在内，中餐的吸引力在于"肥"；而对华人来说，包括"日式拉面"在内，日餐的吸引力却在于"淡"。所以，如今日本男性爱死的超油"博多拉面"，被寻求东瀛淡味的华人夫妇否决，只好说是无可奈何的结果。

记得一九九〇年代初，我住在香港金钟的时候，附近大楼地下的美食广场里有卖"日式拉面"的柜子。除了原味"拉面"、日本都有的"叉烧拉面"以外，还卖"炸猪排拉面"而且竟然最受欢迎。虽然人家打着"日式拉面"的旗帜做生意，可是由我看来，"炸猪排拉面"绝不可能是日餐了。日本的伙食本来相当清淡，所以需要补充油分的时候，人们就光顾"拉面"店或者"とんかつ"（炸猪排）店。这两者再加上韩国烤肉，乃在日本人眼里最能补充精力的三大食品。就因为如此，这三种食品也属于男性、体力劳动者。香港金钟的"日式拉面店"将两种补品合并起来出售，日本良民会觉得"补得夸张"，要导致出鼻血了。

不愧为既时髦又有深度的《号外》杂志创始人，陈先生对各种流行文化，包括饮食研究得很仔细。这一次来东京，他果然尝过各种面条，也在脑子里有了初步分析的结果。

他问我："日本的面条，有荞麦、乌龙、'拉面'三种，对不对？"

"对。"

"那么，在'拉面'里面的面条叫什么？也叫'拉面'吗？"

我稍微犹豫以后，下决心说了实话："那叫做'中华面'。"

"叫'中华面'啊！"

果然，他显得有点难过，轻轻叹了一口气。也不是没道理，因为人家想要在日本尝地道日本菜，可是"中华面"这样的名称一听就很假了，连"海南鸡饭""扬州炒饭""法国吐司"都不如。可这也实在不得已，毕竟在日本，"拉面"一直属于来路不明的"B级美味"，哪能有堂皇的名字？

我解释说："日本所谓的'中华面'，是和面时加点碱水，结果和出来的面条呈黄色，也具有独特的味儿。其实，日本的'中华面'跟香港粥面铺卖的'油面'很相似，只是比那个细很多。"

他点着头提出最后一道问题："日本'拉面'的面条，是否如今越细越酷？"

这回我老公抢着回答说："没错，越细越硬越酷。"

二十世纪中期日本的著名导演小津安二郎以东京为背景拍的电影里，多次出现拉着摊车或者开小店卖"拉面"糊口的贫民。当时的"拉面"就是陈冠中伉俪记住的酱油味清汤面上放了张叉烧片、笋干、海苔、有粉红色漩涡花样的"鸣门卷"鱼饼片以及葱花的。

后来，从一九七〇年代的"札幌味噌拉面"热潮开始，每段时间都流行源自日本不同地区的特色"拉面"。我至今记得"札幌拉面"刚出现时东京人感到的冲击，因为"拉面"上放奶油块和玉米粒，有北海道特色没错，但是"拉面"里放奶油？简直给人"越轨""冒渎"的印象。最近风靡一时的，就是九州福冈县博多市的"一风堂"等推出的"豚骨拉面"，其卖点就是油而浓的汤和既细又硬的面条。

二十世纪中期的日本人，曾经对油分的接受度很低，所以在柴鱼汤里加了点鸡汤，面条上面放了一张白肉片而硬说那是"叉烧"就觉得够油。如果更油的话，则要拉肚子或者吐酸水了。后来，日本人开始吃西餐、中餐、韩餐等，对油分的接受度以及需求都越来越高了。如今吃传统的清汤"拉面"，不少日本人会觉得太"淡"而不过瘾，非得吃表面上浮着很多油粒的"豚骨拉面"才爽。有趣的是，在同一段时间里，一部分中餐倒开始走"低油"路线。例如，从前吃了一口嘴边就油亮的北京烤鸭，这些年的潮流是越来越瘦，直到叫偶尔去旅行的日本人也不禁怀疑：是否最近的鸭子填得不够呀？这可以说是饮食领域里的"沧海桑田"吧？

"日式拉面"越来越油的另一个原因，是跟从前供应

"拉面"的"中华料理屋"不同，最近流行的"拉面专门店"不大卖锅贴、炒猪肝等适合补充油分的菜肴。以前的日本男人，一进"拉面"店就叫一盘"烧饺子"、一碗"拉面"、一瓶啤酒，然后边吃边喝，甚至还边看电视上的棒球比赛和报纸上有关早一日比赛结果的报道，娱乐自己。然而，今天，他们只叫一碗"豚骨拉面"，匆匆忙忙吃完后拍拍屁股就走。毕竟，这些年，喝酒开车被罚的金额涨到天价去了，谁也不敢冒犯。那么干脆不叫"烧饺子"算了，反正不能喝啤酒。再说，如今在街边停车也被取缔，大家匆匆忙忙拍拍屁股的理由确实很多了。总之，单独吃碗"拉面"或者至多添一碗白米饭，这种吃法上的变化也导致"日式拉面"越来越油也越咸，结果叫老远来东京想要尝地道日式"拉面"的前辈夫妇失望。

我作为地主老东京人有点觉得过意不去。不过，日本人和华人历来对"拉面"有各自的幻想，而就因为是幻想，犹如三面镜里的景色一样，无论多么迷人，想抓也永远抓不住。

饼与面

日本人深信只有大米、面包和面条才可以担当主食。即使同样是面食，形状稍微不同，就只能当菜看了。

日文的"餅"是中国台湾的"麻糬"，也就是中文的"年糕"，只是日文的"餅"和中文的"年糕"做法不一样。

日文里没有"糕"字，所以日本人看"年糕"两个字也不知道到底是什么东西。不过，日本有类似"年糕"的甜品叫"外郎"，尤其名古屋的"青柳外郎"闻名于世。我小时候经常在电视上看到广告说："白黑抹茶小豆咖啡柚子樱花，青柳外郎尝尝了。"所列举的是不同口味的糕点。

类似"年糕"的甜品为什么叫"外郎"呢？查一查，果然是中国元朝末年的礼部员外郎陈宗敬传到日本来的。陈宗敬给日本引进的东西至少有两个：一个是类似"年糕"的"外郎"，另一个是消去异臭的中药"透顶香"，异名亦为"外郎"，至今在神奈川县小田原市有"外郎株式会社"出售着两样"外郎"。据该公司主页，果然是陈宗敬的子孙至今仍在经营。

做"年糕"用的糯米对日本人来说并不陌生，毕竟是"餅"的原料。可是，当我第一次在上海朋友家吃到炒年糕的时候，脑袋里是需要调整的。"餅"是主食，怎么可以放在炒菜里？后来发觉，上海街头到处都有卖"排骨年糕"，跟英国人喜欢吃的"炸鱼薯条（fish and chips）"一样，是分不开的拍档。"排骨年糕"中的"年糕"好比是"炸鱼薯条"中的"薯条"，担当着主食的角色，这样子对日本人来说较容易接受。

我在大学课堂上给日本学生讲："中文的'餅'不是糯米做的，而是面粉加水揉成的团加热而做的。例如：饼干、春饼、日本的'御好烧'等都算是'饼'的一种。"于是读到中文维基百科全书说"饼在中文中被用来指很多种形状扁平的食品"这样的解释，有点难以接受了。不是用面粉做的才称得上"饼"吗？再看看维基百科举的例子：蛋饼、煎饼、月饼、牛舌饼、葱油饼、馅饼，还不都是用面粉做的？

跟学生们看电影《练习曲》，主角明明在环岛路上碰到电影摄影组跟他们一起去食堂吃"蛋饼"，日文字幕却翻译成"玉子餅"，令东瀛学子们联想到热腾腾的"麻糬"中间夹了蛋黄奶油的甜品。老师给他们解释说："不是甜品，是一般当早饭吃的咸点，也不是喧腾腾，台湾人好像喜欢煎成脆脆的吃。"学子们回我以埋怨的视线，因为他们美好的联想给破坏了。

中文"面"字在日本人脑海里造成的误会，也不比"饼"字小。因为日文里"麺"字一般就指"面条"，有时更指不是面粉做的"条"，如米粉、粉丝。日本有一本书叫《面的文化史》，是著名文化人类学者石毛直道在日本、朝鲜、蒙古、丝绸之路、西藏、东南亚以及意大利等地调查当地"面"的报告。好令人期待的一本书，可是一开始作者就把"面"定义为：用谷物粉做的条状食品。果然是排除掉不同形状的面点了。拜托！

可见，叫日本人接受中文"面"字可以包容非条状的小麦食品，如包子、饺子等，多么不容易。日本人深信只有大米、面包和面条才可以担当主食。即使同样是面食，形状稍微不同，就只能当菜肴了。所以，家里包的饺子，妈妈在平底锅里煎好了，就跟白米饭、味噌汤一起上桌，也没人觉得不对头。日本人一直偏爱"烧饺子"（锅贴）而不大接受"水饺子"，也是因为锅贴配上白米饭更适合。

自从二十世纪七〇年代起，意大利菜的流行使日本人慢慢明白：各种意大利面食，例如披萨饼、宽条面、通心面、贝壳面等均是主食，所以做了一盘通心面后，无须打开电锅盛饭了。现在，很少有日本人把肉酱意大利面当菜肴配白米饭吃。尽管如此，叫他们理解饺子也是面食，可以单独吃，谈何容易。其实，饺子皮是主食，饺子馅是菜肴，它是一种完美食品，无须打开电锅盛饭，行不行啊？

乌贼的名字

上次台湾出版社同仁来东京，大家一同到我家吃寿司的时候，我趁机问起了：这白色的鱼肉，你们叫什么呢？是乌贼？鱿鱼？花枝？中卷？不会是透抽、小管吧？

小时候听说，爱斯基摩语关于雪的词汇特别丰富，至今印象仍好深刻。据说，因为爱斯基摩人整年都看着雪生活，所以由他们看来，雪绝不仅一种而已，有大的、小的、干的、湿的、秋天的、春天的、笑的、哭的……总共好几十种。很可惜，我一直没机会去北极圈学爱斯基摩语。有一次，跟英国作家谈美食，发觉在他们的语言里，指海藻的名词只有一个"sea weed"即"海中杂草"。我就想不通：怎么可以把海苔、昆布、裙带菜、羊栖菜、洋菜、海蕴等多种食材，都用"海中杂草"那么杂驳的词儿来统称呢？难免感到深刻的文化震撼了。

我本来以为，日本人是吃海鲜维生的民族，对鱼类的知识，关于鱼类的词汇量，该不亚于其他民族了。从前，我刚开始学中文的时候，留学去的中国，因为是大陆国家，人们海鲜吃得不多。北京虽然离天津港口只有一百五十公里，当年市面上看到海鱼的机会远比看到骆驼的机会少。几乎唯一的例外是鱿鱼。即使在北京，鱿鱼也算是常见的食材，该是冷冻保存的缘故。

鱿鱼或者枪鱿鱼，翻成日文是"鯣乌贼（するめいか）"，也就是最普通种类的乌贼。对日本人来说，生的、白灼的、油炸的、跟萝卜或芋头等红烧的、弄干的，都属于家常便饭之列。日文的"乌贼（いか）"一词是对中文鱿鱼和墨鱼的统称，要细分的时候，才把前者叫做枪乌贼、赤乌贼、白乌贼等，把后者则叫做甲乌贼、障泥乌贼等。

令人糊涂的是"鯣乌贼"一词，一方面指普通种类的鱿鱼，另一方面也指既扁又硬的"干乌贼"。日本人说"鯣（するめ）"，一般就指把"干乌贼"烤起来后撕成条状沾着美乃滋吃的下酒菜。有一次，我听说，台湾澎湖岛有"干章鱼"，自行翻成日文说了"蛸的鯣（たこのするめ）"，马上被人纠正道："'蛸'是章鱼，'鯣'是乌贼，一个八条腿，一个十条腿，明明是两回事，你怎么可以说是'蛸的鯣'呢？！"

后来开始去中国台湾游览，发现宝岛人吃乌贼的势头比日本人还厉害。英文旅游指南书*Lonely Planet*，甚至提醒读者：要去东台湾旅游，先做好早饭都吃乌贼的心理准备为佳。真有那么严重吗？

我则发觉：台湾旅游点常卖的烤鱿鱼，比日本的“燒乌贼（やきいか）”好吃。过去，孩子们还小的时候，若想在夜市坐下来喝啤酒，就先点一盘“花枝丸”即可，小朋友们吃到“乌贼团子”一定挺高兴的。要是去了台北迪化街那样有南北货店的地方，则买包盐腌“小卷”，可以带回日本后慢慢消费；那该是很小的鱿鱼，所以才叫做“小卷”。我还记得在宜兰南方澳港口的海鲜餐馆，吃白灼鱿鱼的时候，人家也称之为“中卷”的；该是那种鱿鱼不大不小所致吧？另外，台湾人说的透抽、小管又是怎么回事呢？

总之，台湾人对不同种乌贼的称呼，在我脑子里，形成了越来越大的谜。于是上次台湾出版社同仁来东京，大家一同到我家吃寿司的时候，我趁机问起了：这白色的鱼肉，你们叫什么呢？是乌贼？鱿鱼？花枝？中卷？不会是透抽、小管吧？

结果，五位编辑都马上拿出智能手机来查看图片。果然，台湾人，尤其是做文字工作的编辑都不是完全清楚不同种乌贼的名称呢。其实那也没有什么奇怪的，你试问日本人那到底是乌贼？还是鰑？对方肯定也要拿出智能手机来了。

陆

在影片和影片间找对话

——中文陪我欣赏电影

《冬冬的假期》与《龙猫》

成功的艺术作品超越国境和时代。日本学生们靠字幕观看《冬冬的假期》《魔法阿嬷》《一一》，都说跟《龙猫》一样喜欢，向各位导演致敬。

跟日本大学生一起看侯孝贤导演的老作品《冬冬的假期》（一九八四），大家异口同声地说："好像在哪儿看过似的。"于是第二周给他们放宫崎骏拍的经典动画片《龙猫》（一九八八），同学们都惊讶地叫喊："怪不得，两部影片这么相似！"

侯导作品的主人公是冬冬、婷婷两兄妹，到宫崎作品里则是两姊妹了。他们都由于母亲生病住院，非得去乡下住一段日子，住的是日本昭和初期曾流行的"文化住宅"即和洋折中建筑，在那原始朴素的环境里，小朋友们遇到一连串的怪现象。其中，在《冬冬》里杨丽音饰演的疯女人寒子之形象，年轻学生们乍看时不大理解；当宫崎动画的主题角色，跟寒子一样老打着雨伞登场的时候，他们忽然想通说："啊，苗栗铜锣田园里的疯女，原来和善良的妖怪龙猫一样，保护着一时脱离母亲怀抱的孩子们呢！"我叫他们注意：《冬冬》

比《龙猫》早四年完成，很有可能是宫崎骏看过《冬冬》受到启发，才想出《龙猫》来的。

资深影迷都知道，影片和影片之间，经常发生这样的对话，或说致敬吧。于是在王小棣导演一九九八年的动画作品《魔法阿嬷》里，由于父亲在外国受伤住院，被送到阿嬷家去的小朋友豆豆，刚到基隆山上老房子时看见的"会说话的蘑菇"，样子颇像在《龙猫》的开头，两姊妹看见的煤炭球，也根本不足为怪了。反正，豆豆的梦里也出现仿佛日本《美少女战士》以及美国《阿拉丁》的角色，该说是王导对动画界前辈的公开致敬。

拿两部台湾片跟《龙猫》比较起来，明显不同的是，《龙猫》的故事设定于已过去的年代（一九五〇年代），要带领观众穿越到令人怀念的农业社会去。《冬冬》和《阿嬷》的结构则不同，并不发生时间上的穿越，却通过空间上的稍微移动，平时住在现代化台北的小朋友们，被扔进陌生的环境里，逐渐发现他们母系祖先的台湾文化根基。也就是，他们经验了文化穿越。表面上看来，《冬冬的假期》显得很平淡，然而再仔细看就会发现，其实整个故事都发生在农历鬼月，兄妹的母亲病危、寒子流产等重要事件，更全集中在中元普渡那一天，以鞭炮爆发的声音为背景。《冬冬》让观众模糊地感到不安，到了动画《魔法阿嬷》里，以具体的饿鬼形象出现，让日本大学生都看得很清楚。

说到台湾电影之间的相互致敬，就不能不提杨德昌导演的遗作《一一》（二〇〇〇）了。主人公洋洋的姐姐名字跟冬冬的妹妹一样是婷婷，她跟侯导《童年往事》里的阿哈姐姐一样老穿着中学的制服，而且是后者向往不已的小绿绿。《一一》里的婷婷跟李安《饮食男女》中的家宁一样和朋友的男朋友约会，而家宁的男朋友喜欢摄影，就跟小艺术家洋洋如出一辙，不过他拍照的对象是病倒后长期住院的婆婆。洋洋的婆婆在影片开头中风昏迷，最后跟阿哈的祖母一样，家里没人看护的情况下孤独地断气，给子孙们断绝了回大陆老家的途径，而那两个老太太竟都由唐如韫饰演。

　　成功的艺术作品超越国境和时代。日本学生们靠字幕观看《冬冬的假期》《魔法阿嬷》《一一》，都说跟《龙猫》一样喜欢，向各位导演致敬。

《搭错车》与《龙的传人》

> 我会唱《酒矸倘卖呒》《橄榄树》《怎么说》《龙的传人》《明天会更好》，不是因为在台湾住过，而是因为在大陆念过书。别人拿到了学位，我则学到了几首歌。

有一批台湾电影学者来日本访问，我也被叫到宴会上去，看看人家的脸孔，似乎都属于一九五〇、一九六〇年代出生的一代。为了表示欢迎，我就自然唱起了"多么熟悉的声音……"即台湾老电影《搭错车》的插曲《酒矸倘卖呒》。

唱老歌掀动起预想不到的结果来：刚唱完一首，听到众客人的喝彩声，下一首歌不经思考就自动涌到嘴边来。"不要问我从哪里来……"果然是三毛填词的校园歌曲名作《橄榄树》。这首歌大家合唱，直唱到最后一段"为……了……我梦中的橄榄树"，有人马上催促："来首邓丽君的！"好啊，没有问题。于是我又唱起"我没忘记，你忘记我……"《你怎么说》来了。

就那样，当晚我连续唱了好几首老歌。最后有位教授问我："看来你在台湾住过很久吧？"当我回答"没有，我从来没在台湾住过"的时候，大家都目瞪口呆。说起来，连我自己都觉得很奇怪，那些台湾老歌，我竟然全都是在中国大陆学的，而且是在台湾还没有解严之前，也就是在两岸之间不用说"三通"，连一通都没有实现的一九八〇年代中叶。

我是一九八四年九月到北京外国语学院的。刚到北京的一段时间里，还没有交到当地朋友，可是整天跟同房的日本学生在一起也没什么意思，于是开始与同住留学生楼的其他国家学生来往。我最初认识的是几个朝鲜同学。他们穿着国家配给的草绿色制服，胸前别着金日成即金正恩爷爷的纪念章，房间墙上都一定挂着金日成肖像。就是在那张金日成肖像下，两个朝鲜同学教了我"北京最流行的一首歌"。那就是"遥远的东方有一条江……"，即《龙的传人》。他们还告诉我："这是一个台湾人写的歌，他的名字叫侯德健。"原来，侯德健是前一年的六月四日从台湾投奔大陆的。那悲壮的歌词和旋律好吸引人，何况我们都有"黑眼睛、黑头发、黄皮肤"。

翻翻上海出版的《台湾电影三十年》一书，编者宋子文写道：当时许多大陆人已经看过电影《龙的传人》（一九八一，李行导演），也看过《搭错车》（一九八三，虞戡平导演）、《老莫的第二个春天》（一九八四，李佑宁导演）、《汪洋中的一条船》（一九七八，李行导演）等台湾电影。我自己身为留学生，当年在中国大陆，没有看过台湾影片的记忆。至于台湾流行歌曲，却听的、学的、唱的都不少。例如，苏芮唱的《搭错车》插曲，除了《酒矸倘卖呒》以外，还有《是否》《一样的月光》《请跟我来》等，我至今都能够轻松背出来。当年忘了在哪里买的一卷苏芮的卡带，可以说是我初学中文时期的主要教材之一。

好不容易去了中国大陆留学，怎么没有好好学当地歌曲呢？不，不，不是这样子。当年我真的以为《新鞋子旧鞋子》是中国大陆歌曲，犹如中央人民广播电台每天傍晚播送的儿童节目《小喇叭》一样纯属中国大陆制造的。后来，我在北京交上的朋友们，是"不倒翁"乐队的丁武、李力他们。丁武那个人好逗的，专门教我《大海航行靠舵手》等"文化大革命"歌曲。李力则喜欢唱"某年某月的某一天"，即蔡琴的《恰似你的温柔》，又是一首台湾歌曲。当时他们还没有真正搞起摇滚乐来，仍在练日本的动物电影《狐狸的故事》之主题曲什么的。过一年，我转到广州中山大学去了。晚上开收音机，收听到的香港商业电台广播节目里，天天都放着《明天会更好》。想来想去，那两年在中国大陆念书，我学会的当地歌曲，除了已经过时的"文革"歌曲以外，好像真的只有一首《十五的月亮》。

初学外语时学会的歌儿，好比是幼年唱的儿歌，过了多少年都不会忘记，犹如在《海角七号》里，茂伯老唱着日文的《野玫瑰》。有一个原因，是那些歌曲，后来在不同的地方，不同的情况下，唱过好多遍。尽管如此，我终于有机会看影片《龙的传人》是二十多年以后的事情。曾经国民党下属的台湾中央电影公司，于民进党执政时期的二〇〇五年，根据"党、政、军退出媒体"政策变成民营企业，二〇〇六年宣布制片厂停止营运。好在后来中影把许多老片子以DVD形式出版，让影迷接触到过去的优秀作品。其中果然有《龙的传人》。

需要指出的是，在华语电影史上，有两部叫《龙的传人》的作品。在网络上检索，排在上面的是一九九一年的香港电影（李修贤导演，周星驰主演）。我在这里谈的倒是一九八一年的台湾作品（李行执导），以侯德健一九七八年创作的同名歌曲为主题曲。男女主要演员是当年中影"健康写实电影"的老搭档：林凤娇、秦汉、钟镇涛、苏明明。另外，后年在李安的父亲三部曲里当父亲的郎雄，以及台湾新电影早期的名作《小毕的故事》中父亲角色的崔福生也参与演出。

《龙的传人》跟其他"健康写实电影"以及后来的新电影作品都非常不同，是一部特别明显的政策宣传片。影片开头就出现轮转印刷机高速运作的镜头，正在印刷的头条新闻是美国跟台湾当局断交的消息。跟着出现电视新闻节目一般的镜头，记者问行人对台美断交有什么看法。面临外交危机，台湾各界发起签名、捐款等政治活动来。这个时候，街上有个白人小伙子带着两个台湾姑娘蹓跶，被台湾青年怒目而视之后，拿出来的牌子上居然写着：我是澳洲人。猜猜饰演这个调皮老外的是何许人？竟然是后年拍王家卫作品的大摄影师杜可风！

事后三十多年看《龙的传人》，不容易理解为什么钟镇涛饰演的范锦涛和苏明明饰演的张淑都要放弃出国留学的计划，而非得组织合唱团到乡下去巡演（当时二十四岁的侯德健就饰演为合唱团提供歌曲的"老侯"）。不过，当时的电影观众是对一九六〇年代曾燃烧半个地球的学生运动记忆犹新的，再说发祥于美国的民歌运动也有让青少年表达政治思想、发泄政治情绪的功用。当面临外交危机之际，如果有为的年轻人纷纷出国不回来的话，这个政权会失去凝固社会的力量。于是，电影鼓励台湾年轻人留在岛上，并去乡下唱歌。不仅如此，连国民党迁台以后的三十年一直坐在办公室里的两个农业研究员（范锦涛和张淑的父亲），也在从国外回来的有为青年上司（秦汉饰演的林朝兴）的安排下，往台湾各地的农村出发，考察考察乡下现状，结果感觉自己变得年轻，恢复了活力。可见，走访乡下是关心台湾当局命运的具体表现，因为当时的台湾就是没有其他出路。

一般认为，标榜本土意识的台湾新电影以一九八二年的中影作品《光阴的故事》为起点。早一年完成的《龙的传人》清楚地表示：国民党政权在外交角力上失败以后，有必要把台湾民众的注意力从外交空间转移到岛内现实来。看来，充满乡土情怀的新电影，也是同样政治土壤产生的果实。不过，《龙的传人》最令人好奇的问题是：一九八三年的大陆观众究竟是在什么语境里看了这部电影呢？影片最后，男女主角全家人都携手同去人潮滚滚的"总统府"广场，为的是观看元旦升旗仪式，以示对国民党政权的忠诚。仪式上要升的当然是"青天白日满地红"旗了。在一九八三年的大陆银幕上，飘扬了"青天白日满地红"旗吗？

跟特定的政治气候下诞生的《龙的传人》相比，《搭错车》则更像格林兄弟一般的童话，因而具备普遍性。捡废物维生的哑巴叔叔一手养大了孤女以后，被成了著名歌手的养女离弃。这样的故事大概搬到哪个时代，什么地方都可以成立。只是《搭错车》的主角不是一般的哑巴，而是从大陆撤退过了海峡的国民党老兵。所以他在台湾是名副其实的天涯孤客，直到晚年都偶尔在梦里回到大陆战场去。

哑叔住的台北贫民区，其实就是眷村，男人都是讲普通话的外省退役兵，他们的老婆则是讲闽南话的台湾本地人。台湾经济高速成长的年代，国民党政府要把眷村的违章建筑拆掉，说是给补助也提供新房子，但是老居民都不愿意失去原有的生活，即使那是用空瓶子（即"酒矸"）搭起来的小棚里过的最朴素的生活。在《搭错车》里饰演哑叔，获得第二十届金马奖最佳男主角奖的孙越，本人就是少年考进中国青年军，一九四九年随军到台湾，加入装甲兵剧团开始了演艺生活的老兵。他在《老莫的第二个春天》《两个油漆匠》等作品里也演老兵，果然特有真实感。

我会唱《酒矸倘卖呒》《橄榄树》《怎么说》《龙的传人》《明天会更好》，不是因为在台湾住过，而是因为在大陆念过书。留学会有各种各样的成果。别人拿到了学位，我则学到了几首歌。自我感觉一点也不差呢。

《咖啡时光》的女优们

> 《咖啡时光》的女主角和女配角，侯导都选择了中国台湾和日本的混血演员担当。她们家族的故事，在电影公映的大约十年后，陆续通过不同的渠道公开于世。

二〇〇四年，侯孝贤导演为纪念小津安二郎导演出生一百周年，受日本"松竹映画"公司以及赞助商"朝日新闻"之托拍了《咖啡时光》。这乍看像纯粹日本作品的影片，实际上充满着台湾因素。

比如说，饰演女主角井上阳子的创作歌手一青窈乃日据时期"台湾五大家族"之一基隆颜家后代跟日本妻子生的女儿。她姐姐一青妙在《我的箱子》（台湾二〇一三年三月出版）一书里详细交代了她们的家世。至于饰演女主角继母的余贵美子，因为姓余，大家应该早就猜想是华侨或者华裔了吧。但是，关于详细的家族历史，直到二〇一二年十月，日本NHK电视台Family History节目的采访小组做越洋调查，她本人才第一次知道。

余贵美子的祖父，一八九五年出生在台湾桃园中坜，一九三二年移居日本图发展。她父亲则从小在日本长大，毕业于明治大学，娶了个日本舞蹈的专家。在*Family History*节目里露面的余妈妈，穿着高级和服，比普通日本人还要日本人的样子。她那打扮与举止，和汉人姓氏呈强烈对比，令人印象特别深刻。

　　如今在日本娱乐圈，作为资深配角演员颇有名气的余贵美子，一九五六年在日本出生，一九七六年加盟自由剧场。记得一九八〇年，我去东京六本木的自由剧场，观赏了爵士乐歌舞剧《上海Vance King》。当时的自由剧场是名副其实的小剧场，也是地下剧场，位于一栋小楼的地下室，只能容纳一百人左右。节目名称中的"Vance"是英文"advance"即预支工资的缩写，"Vance King"则指当年在上海租界，爱玩会花钱，始终跟东家借钱的日本爵士乐手们，也就是"预支王"。戏中余贵美子饰演了小号手松本的中国籍媳妇莉莉，舞台上那可爱的姿态令人至今难忘。后来我才得知，我小时候的偶像，电视剧《青春火花》中饰演黑人女排选手的范文雀是她表姊。

　　一九九〇年代起，余贵美子往电影、电视剧发展，二〇〇八年以《送行者：礼仪师的乐章》中的演技获得日本电影金像奖最佳女配角奖。虽然有一半的日本血统，而且生长在日本，但是她不仅保持世代相传的汉人姓氏，也没有入日本国籍，一直是拿着"外国人登录证"生活过来的。她知道祖父母都来自中国台湾，父亲在世的时候，还经常往来台日两地。不过，在她的"外国人登录证"上写的国籍是"中国"，籍贯则是"广东省镇平村"。那究竟是什么样的地方，贵美子和母亲都一无所知。

于是NHK节目的记者替她们去台湾中坜市访问余家宗亲会，才了解到：余家祖先是大约两百年以前从中国广东省梅县移居台湾的客家人，也就是侯孝贤的同乡了。当年的镇平村现在改称官坪村。NHK记者也去余家在大陆的故乡，果然那里有余家的亲戚，他们管理着祠堂以及家谱。打开厚厚的家谱，他们发现余贵美子的祖父和父亲的名字都写在上面。当家的人说：就是两百年前的大洪水逼迫一部分余家人迁移到中国台湾和印度尼西亚去的，老家人始终欢迎住在海外的余家成员回来祭拜祖先。在日本，大多数家庭都没有家谱。相比之下，汉人文化中家庭观念之强令人惊讶。在录影带里看到了在中国的远亲，余贵美子目瞪口呆，说不出话的样子，就是过于惊讶导致的。

《咖啡时光》的女主角和女配角，侯导都选择了中国台湾和日本的混血演员担当。她们家族的故事，在电影公映的大约十年后，陆续通过不同的渠道公开于世。不知都在侯导预料之中，还是完全出乎其外？

新加坡电影与李光耀

> 讲母语，看母语电影，世界上很多人以为是理所当然再自然不过的事情。其实并不然。当一个语言受到压迫的时候，自然不能用那语言去提出抗议，结果外人听不到在那社会里发生了什么。

我平生第一次看的新加坡电影是陈哲艺导演二〇一三年的作品《爸妈不在家》，但我原来以为那是台湾影片。听说在金马奖上有个年轻导演的作品获得了奖赏，匆匆通过博客来订购，开始看了之后，我还相信那是一部台湾片。只是觉得有点儿奇怪：怎么登场人物讲这么多英语？台湾家庭也开始请菲律宾籍保姆了？另外，在画面里，有关传统文化如拜拜等的描述也缺着席，令人稍微诧异是怎么回事。然后，当小朋友主人公家乐在学校礼堂的舞台上，当众被鞭打屁股，而且给他判决的校长居然是印度人的时候，我终于明白：不是了，不是了，这不是台湾电影，该是新加坡电影了！

在戛纳获得新人奖的作品，果然很有看头。作品以一九九七年亚洲金融危机时的新加坡为背景，本来当推销员的父亲失业，正怀第二胎的母亲则被励志教材公司骗钱，由菲律宾籍保姆照顾的家乐在学校里外到处惹祸。外籍保姆和华人小孩之间，逐渐培养起感情来，做妈妈的感到自己的地位受到威胁。最后，由于家里的钱实在不够了，只好叫保姆回国。据说，这部影片是根据陈导演亲身经历改编的，而对不少新加坡男性来讲，跟保姆的别离造成相当严重的心理创伤，搞不好会留下终生的感情缺憾。

然后，二〇一六年的春天，我去新加坡参加"文学四月天"活动。事前还以为，从《爸妈不在家》的背景一九九七年至今，变化应该不会很大吧？但是，飞机抵达以后马上发觉：大错特错，新加坡过去十几年来的变化实在很大，它已经在时间轴上超越日本，简直成为一座未来城市，而未来城市的居民们也显得比家乐父母富裕潇洒。我感到好奇：新加坡人的生活究竟是什么样子？

虽说是五天四夜的演讲行，能通过一趟旅行学到的事情可不少。尤其是新加坡复杂的语言生活，特别刺激我的好奇心。有人向我推荐看当地最著名的导演梁智强拍的影片。《小孩不笨》《孩子不坏》等片名很容易记住。于是我回到东京以后，又匆匆通过台湾博客来以及香港 yes.asia 购买了《小孩不笨》《小孩不笨2》《孩子不坏》《钱不够用2》《笑着回家》等好几部光碟，用电脑播放：哎哟，太有意思了！

最初看的《孩子不坏》是二〇一二年的作品。主角伟杰是个大专学生，据光碟的影片介绍是"成绩中等"。但实际上他是升学竞争的失败者，他的同学们都知道自己一辈子没得出息了。难道在新加坡，只有少数精英是成功者，其他多数人都是失败者吗？那些年轻人的造型让我刮目相看，因为实在很像日本的同代人。伟杰妹妹与她周围的中学女生们彼此用手机欺凌的样子，也跟日本那年纪的小女孩们很像。再说，伟杰一个朋友的母亲，我看着都不得不承认太像我自己了。

这究竟是怎么一回事？所谓全球化，竟然不是说说而已，我们的现实就是跨越国境，彼此这么相像了？显而易见，梁智强导演特会观察、理解并在银幕上重现人们的现实生活。他也非常会从小孩子的角度看父母、社会。所以，我看了都不由得被迫反省自己对待孩子的态度。哎，可改善的余地实在很大。同时，我也注意到，《小孩不笨》《小孩不笨2》《钱不够用2》等梁导的作品，呈现出来的当地语言状况，比我之前想象的要复杂多了。社会上、学校里、家庭成员之间，新加坡华人用来沟通的语言有：英语、华语、福建话等方言。在学校，华人校长说英语，可是人家的华文程度不一定很高，因为在当地，英语好的学生才能被选拔出来当上社会精英。所以，势利眼的家长们以及学生们自然都重视英语。反之，大家认为辛辛苦苦地学华文，有什么用？至于影片里学校的华文老师，往往说着很标准的普通话，应该是近年从中国请过来的。

那么，总体而言，新加坡社会到底是怎样看待华文呢？答案好像是很矛盾的。自认没出息的蓝领阶级，不仅英文不好，而且华文程度也不高。也不奇怪，因为在新加坡的教育制度下，只有英文很好的学生才能去读高级华文，如果英文成绩不好，政府就无需你读华文。结果呢，英文不好的学生注定华文也不好，即使喜欢华文也得不到机会学习。所以，在《孩子不坏》里，伟杰和他同学们被卷入贩毒案件，当收到用华文写着线索的字条之际，彼此推给对方说"我的华文不好""我没有通过华文考试"等。果然"成绩中等"的大专生们竟然不会看别人用手写的华文句子。还有，在《小孩不笨2》里，主角汤姆的高中同学父亲，做了一辈子的体力劳动，时常自卑地说"老子的华文不好"，至于英文更不必说了。新加坡多数人真正的母语是福建话、潮州话、海南话等华南方言，距离以北京话为基础的普通话即新加坡所谓的华文相当远，所以大家觉得学华文难是情有可原的。

在一个语言能力决定一切的社会体制下，最高层的精英们被政府机关派去英国读牛津、剑桥，能彻底摆脱新加坡口音就被人看得起。可是，成功的假洋鬼子永远比不上真正的洋鬼子。在《钱不够用2》里面就出现，盲目地崇拜外来白种人而小看当地人才的社会弊病，显然是殖民统治的后遗症。为推销春节吃的肉干，老外广告总监设计的包装居然用了不吉利的黑色，当地设计师则推出形状像口香糖的红色包装，结果大卖特卖。这则插话，也明显讽刺新加坡政府禁止口香糖的政策。

其实，在梁智强的电影里，经常有对白讽刺政府之语言政策的。比如说，在《钱不够用2》里，孩子们为年老的阿嬷签订转播港台粤语、台语节目的有线电视台。阿嬷不懂有线电视这回事，于是高高兴兴地说："政府终于想通了，太好了！"可见，一九七九年起李光耀政府推行的"华人说华语"运动中，说福建话等方言的广播、电视节目统统都遭取消，多么残酷地夺走了那些只懂方言不懂华文的老一辈的生活乐趣。

梁智强电影描绘新加坡人的现实生活，尤其是极其复杂的语言生活，是看书看网站都很难知道个究竟的。看了他电影以后，我才开始明白大概是怎么回事了。强势政府强迫国民去学习官方语言，同时或多或少剥夺母语的情形，在很多地方都发生过。例如，台湾人在日据之下被迫学日语，在国民党统治下又被迫学中文，夺回闽南话等母语是相对近年的事情。新加坡独特的地方在于：它是远离中国，位于南洋伊斯兰国家中的华人国家，于是采用英语为官方语言，以示"跟中国划清界线"，有政治现实上的需要。另外，英国人从东南亚撤退之后，由华人建国而要以贸易起家的新加坡，非学好英文不可，否则就很难生存下去。再说，面积和人口规模都很小，结果政府带领的"社会工程"可行度很高，而且该说取得的成绩相当可观。

新加坡国父李光耀是一九二三年出生在英国殖民地新加坡的海峡华人。根据《李光耀回忆录：我一生的挑战——新加坡双语之路》一书，他是第四代的中国移民。曾祖父是广东省出身的客家人，在新加坡出生的祖父与父母都讲英语，祖母则讲爪哇语和马来语（她该是土著），李光耀儿时一起生活的外祖父讲英语和马来语（他也该是土著），外祖母讲客家话、爪哇语和马来语（大概是华人和土著的混血）。看来，他虽然有父系的华人血统，但是父母都有至少一半的土著血统，而在小时候的生活中没有人讲华语。果然他自己都说是"来自讲英语和峇峇马来语（华人和土著之混血用的语言）的家庭"。

在外祖母和母亲的极力推动下，李光耀从小学就读用英语教学的莱佛士书院，即当地首屈一指的名校。经过日军占领时期，战后从一九四六年到一九五〇年，他去英国留学，得到律师资格后回到新加坡。他写道：在伦敦的中国协会，跟来自世界各地的华人打交道，才意识到不懂华文则吃文化亏；还有一次去瑞士旅游，酒店前台的工作人员不知道新加坡也不知道马来西亚，就把他登记为中国人。这些经验让他感觉到，自己在身份认同上"两头不到岸"，即被别人视为中国人但其实不会华文也不懂中国文化，搞不好就沦落为"谁都不是"了。于是被迫找回华人的自觉，李光耀回到新加坡以后开始学华文、华语，成为一个"a born-again Chinese（重新诞生的华人）"。

以突出的语言能力和意志力，李光耀学会了华文，也把儿女都培养为双语人士。然而，向两三百万国民要求跟自己家人一样的刻苦勤学，自然会有不少人吃不消。于是教育当局降低了华文教学水平，岂料导致了一群新加坡人淹没于"两头不到岸"的语言鸿沟。其实，李光耀和多数新加坡华人的区别在于：他没有在福建话、潮州话等华南方言环境里长大。据一项调查，一九七九年推行"华人讲华语"运动之前，大约八成新加坡华人会听会说福建话。也就是，新加坡政府剥夺了那么多华人之母语的同时，硬说"华人的母语该是华语"。李光耀自己在没有母语的环境里长大，自然也没有被剥夺母语的经验。所以，他恐怕无法理解为何人民对"华人讲华语"政策抵抗得那么强烈。

关于李光耀对双语政策的想法，我们能够从他著作知道。至于那政策对平民生活有了什么样的影响，李慧敏写的《新加坡，原来如此！一个成长在李光耀时代的公民真心告白》一书描写得非常生动。她是一九七〇年代出生的新加坡人，小时候住的公寓里，被邻居称为"客家妹"，周遭有讲福建话、广东话、海南话等不同方言的叔叔阿姨。对他们来说，电台、电视台的方言节目是生活中很重要的娱乐来源。

可是，一九七九年开始了"华人讲华语"运动以后，方言节目一个接一个地停播，最后连香港电视剧里的周润发都讲起华语来，叫听不懂华语的老人家们非常难过；用李慧敏的说法，老人家的尊严就那样被剥夺了。施行了三十多年的"华人讲华语"以后，年轻一代新加坡人当中会说华语的人确实增加了，然而他们跟爷爷奶奶之间却没有了共同语言。政府推行母语教育的目的之一，是通过母语叫年轻一代继承东方传统的价值观念。实际上，"华人讲华语"政策不仅破坏了传统的家庭关系，也破坏了年轻一代新加坡人跟祖父母学习传统文化的渠道。

为《新加坡，原来如此！》一书写序文的蔡志礼博士是当地著名的作家。我在新加坡有幸跟他一起上台讨论中文写作的经验。当时，我还不知道其实他是李光耀最后一名华文老师，也是位非常有见地的社会语言学家。蔡博士不仅给予对政府持有批判意见的李慧敏高度评价，而且曾经在当地《联合早报》上极力推荐过当地另一个著名导演陈子谦拍的娱乐作品《八八一木瓜姊妹花》。当有人质问："为什么大学教授称赞低俗的歌台文化？"他断然回答说："连一根花草都不能允许存在，闻名于世的花园城市还能活下去吗？双语人士们虽然获得了语言资本，同时失去了重要的文化遗产。我本人是潮州人，但我的潮语不完整，对潮州文化的掌握也只是表面上的。"把问题看得这么清楚的社会语言学专家，在新加坡身体力行华文写作，所需要的胆量到底有多大呀，我要给他按一百次赞了。

看了《八八一木瓜姊妹花》，我才得知，翻身为未来城市之前的新加坡，曾是土里土气的南洋福建人小村，犹如二十世纪后半叶经济高速发展以前的香港，基本上犹如土里土气的广东人渔村在大英帝国的框架下存在一样。以福建人为主的新加坡，一方面则像中国台湾，《八八一》的背景即农历七月街头出现的歌台，也跟中国台湾葬礼上出现的电子花车很相似。香港虽然从英国殖民地变成了中国的特别行政区，当地庶民的生活语言一直以广东话为主；最近北京政府的影响力日趋增大，才出现预想未来的当地电影《十年》里，广东话即将被普通话取代的画面。台湾则随着一九八〇年代以后的民主化和政权轮替，闽南话、客家话、少数民族语言等当地语言一步一步被恢复，经过相互交融逐渐呈现出独特的台湾文化来。跟港台两地相比，新加坡经过的语言转变，可以说是最严厉的。考虑到那严厉的政策竟然来自自己人的政府，而不是来自外来政权，我们不能不感到加倍黯然。

不过，巨人李光耀时代过去，新加坡社会也开始出现变化的兆头了。例如，梁智强二〇一六年的贺岁片是以福建话对白为主的怀旧片《我们的故事》，描写从前新加坡人还都住在乡村里的时代。讲母语，看母语电影，世界上很多人以

为是理所当然再自然不过的事情。其实并不然。当一个语言
受到压迫的时候，自然不能用那语言去提出抗议，结果外人
听不到在那社会里发生了什么。我这几个月来看电影、看书
恶补有关新加坡社会历史的知识。幸亏有梁智强、陈子谦等
本土派导演拍摄反映出社会现实的娱乐片，让外国观众如我
看了都泪中带笑。

《客途秋恨》与《南京的基督》

　　为了备课，找来老片的影带、影碟重新看，果然对有些作品的感想和评价跟以前不一样了。尤其对《客途秋恨》，我这次观看后的感触可多了。

　　有些往事经常想起，每次都觉得惭愧不已。我曾对香港导演许鞍华说的一句话便是其中之一。

　　我跟她只有过一面之交。那大约是一九九四年，有一晚蔡澜请客，地点在港岛一家高级饭店的日本餐厅。季节应该是秋天了，因为小巧玲珑的几样前菜里有带刺外壳的烤栗子。"这会很热吧，小心烫手。"忘了是谁说的，总之大家都不怀疑那是刚刚出炉、热呼呼的烤栗子。小心翼翼地碰了一下，结果大出意料之外，一点也不热，反之冷冰冰的。没人开口说话，却都用眼睛问着我：可以是这样子的吗？我是唯一在座的日本人，就有责任解释究竟是怎么回事。然而，当年我才三十出头，还不算见过世面，对怀石料理的规矩知道的也不多，只好用标准日本式的暧昧微笑搪塞过去了。假如是二十年后的今天，我就会说："常温是可以的，冷冰冰则有点奇怪。是否因为香港属亚热带，出于对卫生的顾虑，不准以常温放置食品呢？"

也许是为了融化冻栗子造成的尴尬场面吧，当年的港英政府广播局局长张敏仪问我："你看过《客途秋恨》吗？"那是许导一九九〇年拍摄的自传性作品，张曼玉演女主角，陆小芬饰演她的日本母亲。"看过。"我说。"觉得怎么样？"张局长追问。今天的我知道英语"白色谎言（white lie）"是什么意思，亦懂得如何对难以回答的问题敷衍了事。可是，当时才三十出头的我仍不能分别老实和愚顽，竟然说出来"主角的母亲不像日本人"。如果时间能倒退，我恨不得把那句话收回来。"但是，你知道吗？阿鞍的妈妈真的不像日本人呢。她就不是一般日本女人那样子的。"张局长坚持。"这话怎么说好呢？"世故的蔡澜要圆场，"我们正在拍芥川龙之介的《南京的基督》，是梁家辉演芥川，富田靖子演南京妓女。很快就要上映了。到时候，你也去看看吧。"我后来看了区丁平导演、陈韵文编剧的《南京的基督》。幸亏没有被蔡澜问感想，否则搞不好又表现出愚顽的本事说了：梁家辉演的芥川不像日本人。

想起了围绕着老电影的老故事，是因为我时隔很多年重看了一次《客途秋恨》和《南京的基督》。二〇〇八年任职于日本明治大学后，我开了华语电影班，最初只是简单地介绍第五代、第六代、香港新浪潮、台湾新电影的代表作品而已。后来觉得还是不如设定什么主题好，于是有一年开设了

"华语电影里的日本以及日本人"课程。从李小龙《精武门》到冯小刚《非诚勿扰》，涉及到日本的华语电影为数不少。为了备课，找来老片的影带、影碟重新看，果然对有些作品的感想和评价跟以前不一样了。尤其对《客途秋恨》，我这次观看后的感触可多了。

平心而论，在许鞍华众多作品当中，《客途秋恨》不算是最高杰作。可是，自传性作品对创作者的重要性是毫无疑问的。何况该片探讨母女之间不和睦关系的来源，搬上银幕一定需要特别大的勇气。在日本影迷眼里，许鞍华是一九八二年以越南难民为主题的《投奔怒海》出名的社会派导演，亦是香港新浪潮的灵魂人物之一。一九九〇年《客途秋恨》问世的时候，日本影评人普遍视它为关于"跨文化交流之困难"的电影。的确，主角的日本母亲嫁给中国父亲以后，不仅跟公公婆婆的沟通相当困难，而且对港澳长大、赴英进修的女儿也感到疏远。在三代同堂的日子里，老人家说儿媳妇做的菜"冷冷生生，光好看不好吃"，跟香港日本餐厅的冰冷烤栗子同工异曲。

实际上，《客途秋恨》中主角父母亲的结合，并不是一般的涉外婚姻，因为他们相识的时间和地点是：伪满洲国刚解体后不久的中国东北。母亲是原属于伪满洲国统治阶层，后来沦落为亡国之民的日本人，父亲则是战胜国中国的军队文书。根据影片里的描绘，母亲本来打算跟哥哥一家人一起回日本家乡，但是一方面感激许先生的温情，另一方面也为求生存，决定留在中国并嫁给他。一九四七年五月，在辽宁省鞍山市呱呱落地的女娃娃命名为鞍华，显然纪念着出生地。

在战败后的混乱日子里，跟中国男人结婚的日本女人一般被称为"中国残留妇人"。其中多数做了当地农民家的媳妇，中华人民共和国成立后经历了屡次的政治运动，犹如严歌苓笔下的《小姨多鹤》。许妈妈因为丈夫是国民党部队文书，后来举家南下到澳门、香港，在亚热带殖民地度过了大半生。

在影片里，主角小时候不知道母亲是日本人，还以为她孤僻的性情是来自东北人不懂粤语所造成的。事实是，战后不久，仇日情绪仍浓厚的年代，她不可以让人，包括亲生女儿知道自己的身世。直到丈夫去世，大女儿（主角）从英国念硕士回来，小女儿要嫁到外国去之际，她才头一次在主角的陪伴下回日本大分县的家乡去。当时，战争结束后的岁月已经超过了四分之一世纪。可是，曾被征兵上过战场的她胞弟居然拒绝跟姐姐见面，就是因为她随从了原敌国的男人。年老的女恩师也责怪她似的说："你当年为什么跑去满洲没回来呢？"似乎没有人能理解、同情她在异乡过来的日子多么孤寂、凄惨、无奈。面对了有家不可归的冷酷现实后，她对女儿说："咱们回香港去吧。一直吃冷冷生生的东西，肚子不舒服了。"

在日本别府温泉拍摄的回乡镜头，饰演当地日本人的全是日本籍演员，效果很自然。只有陆小芬演的母亲葵子显得特别别扭。是的，我重看《客途秋恨》以后，还是觉得影片里的日本母亲不像日本人。不过，想想许妈妈完全独特又特别辛苦的经历，究竟找谁才会把她演得更自然、有说服力呢？恐怕请日本演员也不行，请中国香港的演员也不行，所以从中国台湾请来了陆小芬的吧。《客途秋恨》是中影和高仕合资的港台合作电影，将香港导演许鞍华的故事由台湾吴念真编写，请陆小芬饰演日本母亲。

说起来非常遗憾，以前我们在海外甚少看到过除了侯孝贤、蔡明亮以外的台湾影片（连杨德昌作品都不好找了）。直到最近，部分老片影碟在台湾陆续出版，我才有幸看到了《看海的日子》《嫁妆一牛车》《桂花巷》等重要作品，并且深刻地认识了一九八〇年代的台湾影后陆小芬。她是有目共睹的演技派，再说跟吴念真一样在北台湾九份的矿工家庭里长大，也就是说《多桑》的环境培养出来的地道台湾演员。为了表现出经历过战争年代的老一辈日本女人之气质来，找陆小芬大概就是最符合情理的选择了。结果怎么样，该当是另外一回事。如果有机会再见到许导演，我很想说："我非常喜欢《客途秋恨》中的日本母亲葵子，她是个好复杂的人物，是历史的受害者也是幸存者，估计由谁来演都特别不容易。"

充满内涵的异国母亲显然给了艺术家女儿很多启发和灵

感。这一点，我们从许导很多产的创作生涯清清楚楚地看出来。回头来看，《客途秋恨》成了许鞍华阿姨系列作品之开头。拍起华人世界的中年妇女，没有人胜过她。只是，后来的《女人四十》《姨妈的后现代生活》《天水围的日与夜》里，当主角的阿姨们都那么可亲、热情，相比之下，《客途秋恨》中"冷冷生生"的母亲形象显得更加突出了。再说，在基本喜剧的《姨妈的后现代生活》结尾，受伤后需要女儿照顾的姨妈去度过悲惨晚年的地方果然就是东北鞍山！想一想母亲和女儿两代女人心底下长年不愈的痛楚，令人深感侵略战争之可恶。同时，我们也不能不注意：直到《天水围的夜与雾》，许鞍华也一直关注着移民、难民的悲剧。显而易见，她名字里的"鞍"字标记的远不仅是出生地点。

至于《南京的基督》，乃完全不同类型的作品。首先，它基本上是芥川龙之介一九二〇年发表的短篇小说改编的。当时，芥川还没去过中国。那么，关于南京花街柳巷的想象究竟来自何处？其实在小说末尾，作者自己就写下："为草本篇，负谷崎润一郎先生作品《秦淮之一夜》之处不少。特此附记以表示感谢之意。"芥川的好朋友谷崎，早两年去中国各地旅行，当时正迷恋着华夏文化，连日本住家都设计为中国式的，笔下的文学作品中更纷纷披露在中国的所见所闻。芥川果然受了他影响。不过，近年也有日本学者指出：《南京的基督》之主要构思其实取自法国作家福楼拜的短篇小说

《圣朱利安传奇》。总之，在芥川的原作里，有个南京妓女笃信洋教，患上性病后不敢接客免得污染别人，可是有一晚来的洋嫖客长相特像耶稣基督，一起过夜后，妓女的性病奇迹一般地治愈了。

寓言是芥川擅长的写作形式。他也常把老故事、传说之类改写为小说，结果启发了电影导演的灵感，例如黑泽明拍成经典影片的《罗生门》。影片《南京的基督》特别之处，乃芥川写的寓言式小说里插入了作者其人。结果，影片中的南京信徒妓女金花，和日本小说家谈上纯爱，未料他是有妇之夫，当真相暴露之际，纯情的姑娘简直发疯，谁也搞不清楚到底是痴恋所致，还是梅毒病菌所致。有一晚来了洋客人，她误以为是耶稣基督，心甘情愿地给他白嫖。小说家再到南京去接恋人，但是这时候的她已经接近人格崩溃。小说家自己也回日本后自尽。加入了自灭型艺术家的生涯以后，原本还有点像西洋传说的故事，彻底变为凄惨的悲剧了。

《南京的基督》是香港与日本（嘉禾、Amuse）合作的电影，为什么偏偏选择这样的题材令人很好奇。据说导演区丁平是芥川的书迷。香港导演中王家卫是太宰治迷，曾在作品里把梁朝伟的形象设计成太宰治。区丁平则让梁家辉直接演芥川本人了。当年梁家辉刚刚在英法合作片《情人》里演过越南法国少女的有偿情人，接着叫他去演日本女星的情人角色，从市场角度去想则比较容易理解。至于影片里的日本小说家和南京妓女用粤语对话，作为港片，并不算稀奇吧。

当时，我在香港戏院观看，觉得梁家辉演的芥川不像日本人。日本的影评则更多指出富田靖子演中国妓女很不自然。时隔很多年重看，庹宗华演的谭永年引起我的注意。芥川一九二一年去中国，回日本以后发表的作品如《湖南扇子》里出现了谭永年这个角色，乃作者在东京大学时的中国籍同学，就是他把日本小说家带到花街柳巷去的。不过，看着电影，我一直弄不清楚，这个人物到底是旅居中国的日本人还是曾待过日本的中国人，因为港片里的对白全是广东话，包括日本小说家和老同学之间的对话在内。

谭永年看起来既像中国人又像日本人，甚至演他的庹宗华都既像中国人又像日本人。一个原因无疑是广东话的台词。若在现实中，他一定用日语跟芥川沟通了，而从他讲的日语应该可以听出来中国口音，因此能判定这是个中国人。然而，一旦让他和日本同学都讲不切实际的粤语，观众就无从判断两个人的国籍了。没有错，梁家辉演的芥川其实也既像中国人又像日本人。

我后来上网搜寻关于影片《南京的基督》的资料，找到了当年在东京国际电影节放映时的记者招待会记录。日本记者果然问："为什么让梁家辉演日本人而让富田靖子演中国人？中国观众不会觉得富田演的中国人不自然吗？"区导演回答说:"日本人和中国人都是黄种人,光看脸孔应该无法分别吧。"梁家辉也说:"世界的人都一样,不同的只是语言而已。"实在大开眼界:由他们看来,日本人和中国人的外貌是没有分别的。但这正和我注目庚宗华演的谭永年后发觉的事实一样。也许,因为中国人多达十三亿,而其中既有北方人又有南方人,外貌都五花八门、各色各样,所以看日本人也就觉得差不多。反之日本人历来都生活在四个小岛上,以"钻牛角尖"为基本政策,面对中国人也专门注意彼此之间鸡毛蒜皮的区别,用镜片放大后下结论说:"不像。"

不过,让梁家辉演芥川龙之介而让富田靖子演南京妓女,其实并不仅是简单地交换两个演员的国家而已,同时也牵涉到性别和政治的问题。一九二〇年代的世界,会有日本小说家到中国旅游,在中国籍同学的带领下,去花街柳巷遇到无知的中国妓女,导致她破灭。但是,当年的世界,也会有中国小说家到日本旅游,在日本籍同学的带领下,去花街柳巷遇到无知的日本妓女,导致她破灭吗?所以,区丁平导演(以及估计包括蔡澜)把芥川龙之介放在《南京的基督》中,并让国际华人影星梁家辉去饰演,最后以他的自杀闭幕,该说是高度颠覆性的文化政治行为。东京国际电影节的记者们,大概察觉了这样的意图,但是被导演和主角说"世界的人不都是一样吗"就无法再说什么了。

于是我回想到当年在香港日本餐厅蔡澜说的那些话:"我

们正在拍芥川龙之介的《南京的基督》，是梁家辉演芥川，富田靖子演南京妓女。很快就要上映了。到时候，你也去看看吧。"幸亏没有被蔡澜问感想，否则搞不好我真出尽了洋相。

从《追捕》到《非诚勿扰》

> 忽然想到找《追捕》来看，乃在获知原田芳雄死讯之前。倒是看着《非诚勿扰》，被心中产生的疑问所逼迫。那就是："怎么剧中角色都对北海道的景色那么熟悉的样子呢？"

二〇一一年七月十九日，日本演员原田芳雄去世了，死因是大肠癌引发的肺炎。他就是影片《追捕》里饰演矢村警长的性格影星。不过，报道他死讯的日本媒体中，几乎没有一家提到《追捕》（一九七六，佐藤纯弥导演，日本片名《君よ愤怒の河を渉れ》）。毕竟，该片在日本的票房马马虎虎，也没得过任何奖赏。如果有人讲到它，则一定会说是"中国改革开放后上映的第一批资本主义国家影片之一，非常受欢迎，使得高仓健、中野良子成为在中国人人皆知的大明星"。的确，一九八〇年代初去了中国的日本人，谁没听到当地人脱口而出"真由美"，然后就唱起"啦啦啦"那个无歌词的主题曲呢？好像中央人民广播电视台开始播放《血疑》以后，大家的兴趣才转移到"幸子""光夫""大岛茂"去了。

跟大多数日本人一样，我当年也没看过《追捕》。每逢中国朋友们津津乐道如何被该片迷住时，我都感到不好意思。二十多年以后，忽然想到找《追捕》来看，乃在获知原田芳雄死讯之前。倒是看着《非诚勿扰》，被心中产生的疑问所逼迫。那就是："怎么剧中角色都对北海道的景色那么熟悉的样子呢？"没错，舒淇演的笑笑曾跟前男友来北海道玩过一趟，秦奋的老哥儿们邬桑则娶了日本太太住在当地。可是，直觉告诉我：该不止如此吧？冯小刚导演好像引用了在中国人人皆知的老影片取笑似的，犹如他在《大腕》里面开了《末代皇帝》的玩笑。想到这儿，答案非《追捕》莫属吧？

　　于是租来影碟，在电脑屏幕上开始播放《君よ愤怒の河を渉れ》，马上听到那耳熟的"啦啦啦"了。最初高仓健饰演的杜丘检察官以莫须有的罪名被捕的场面，拍摄在一九七六年东京新宿东口外纪伊国屋书店门前。那年我十四岁，住在离新宿三个车站的中野，经常到那家去买书。我发现：三十五年前的新宿，跟今天最大的区别是行人之多，拥挤到简直令人怀疑：这儿不是上海南京路吗？相比之下，这些年日本人口老化厉害，前几年已经开始出现人口减少的趋势。另外，过去二十年的日本人也学美国，把开发重点放在郊区大公路边的购物中心了。结果，愈来愈少年轻人来市中心的闹区逛街，新宿也不再像《追捕》里那个样子了。原来，二十世纪七〇年代的东京新宿曾是那么充满活力的！没想到，票房马马虎虎的老影片其实蛮好看，片长一百五十一分钟，并不让人觉得太长。

不过，我主要感兴趣的，还是杜丘逃到北海道以后的场面。果然我没有猜错。影片开始后二十六分钟，他终于抵达北海道日高地区，不久在山中看见当地牧场主人的女儿"真由美"被野生大狗熊袭击，爬到树上大喊求助。啊，这就是《非诚勿扰》中，葛优饰演的秦奋把身子裹在布狗熊套服内，要亲笑笑的场面之来源。

旅日电影学者刘文兵的日文著作《中国十亿人的日本映画热爱史——从高仓健、山口百惠到木村拓哉、动漫》，书中列举从一九七八年到一九九一年在中国公开上映的日本影片共九十一部。有《追捕》《望乡》《狐狸的故事》《人证》《蒲田进行曲》等，看着片名我的耳朵似乎听到当年在中国颇为流行的卡西欧键盘演奏主题曲的声音。在九十一部电影当中，高仓健主演的有几部：《远山的呼唤》《海峡》《兆治的酒馆》《幸福的黄手帕》，似乎不约而同地都以北海道为背景。这些影片，我全听说过却没看过，主要由于一直对外国影片更感兴趣。为了寻找《非诚勿扰》中北海道场面的原始形象，这回统统租来一一看过。果然，秦奋、笑笑、邬桑三个人兜风，仿佛《幸福的黄手帕》中高仓健和一对年轻男女开车漫游北海道的情节。另外《远山的呼唤》里出现火车和车站的场景，似乎也跟《非诚勿扰》中秦奋和笑笑一起下车在月台上跟邬桑寒暄的镜头相互共鸣。

看着老电影，我想起当年在北京认识的朋友们，谁也没有去过国外，因此更加渴望关于海外的信息。后来个个都找到办法出国，现在算是跟秦奋一样的"海归"了。《非诚勿扰》在中国走红以后，一时来北海道东部的中国旅客激增的消息，日本媒体报道得不少。可是，没有一个记者指出来，笑笑出事住院以后，邬桑一个人开车穿过北海道原野，边驾驶边唱《知床旅情》而哭泣的含义。那场面我觉得真动人。之前在"四姊妹"居酒屋，两个中年中国男人模仿谷村新司唱《星》也挺有感觉的。至于邬桑的独唱，有整整两段之长，而且只有日文歌声和眼泪而没有台词，似乎更能表达出"光阴似箭"的感慨来。这可以说是娱乐电影的王道吧？

不过，让我更加感到"光阴似箭"的是，当在大学课堂上跟二十名日本学生一起观看《非诚勿扰》之际，虽然人人都说很喜欢、蛮好看，但是竟没有一个同学知道剧中出现的两首日文歌叫什么。于是拿起粉笔，在黑板上大字写下"昴（星）""谷村新司""知床旅情"，我深深感到：此时实在非彼时也。

怀念港片时代

我是四大天王和梅艳芳的同代人，就是他们的影片叫我决定去香港住的。当时已有一百五十年历史的殖民地城市，摆脱不了电影布景般的肤浅与虚假，但香港的魅力就在那里。

从上世纪八〇年代到九〇年代，中国大陆的陈凯歌、张艺谋，中国台湾的侯孝贤、杨德昌，中国香港的许鞍华、王家卫，还有美国的李安、王颖等导演陆续出道，让全世界影迷对华语电影刮目相看。那年代，我本人正处于青春高峰期，从家乡东京到北京、广州，又越洋赴多伦多、香港，每年提着大皮箱换一次窝，屈指数一数总共搬了十次家。海外浪子的生活犹如没完没了的连续剧，充满着喜怒哀乐各色彩的真实插曲。好在那段时间里，无论身在何处都有华语新片跃上银幕，令我感到永不孤独。

《黄土地》《霸王别姬》《红高粱》《活着》《恋恋风尘》《悲情城市》《海滩的一天》《牯岭街少年杀人事件》《倾城之恋》《客途秋恨》《阿飞正传》《重庆森林》《囍宴》《饮食男女》《点心》《喜福会》等经典片，我都在上映后第一时间内就在戏院里看。也许每个人都有代表自己青春期的几部电影吧，从这角度来说，我的青春期真是丰富多彩，豪华极了。

《黄土地》是我在东京新宿的东急电影广场戏院看的，《喜福会》则在多伦多国际影展上，记得还参加了王颖导演的记者会。《倾城之恋》和《重庆森林》都在香港看了，尤其是后者于一九九四年首映的时候，我就住在香港湾仔皇后大道东上的星街七号，影片和人生在澳洲奇人杜可风手持的摄影机镜头里相交融一般的感觉令人印象好深刻。顺带一提，流行歌曲方面有创作歌手罗大佑唱的《皇后大道东》，那段时间担任了我个人和殖民地末期香港的主题曲。

转眼之间，二十年过去了。其间全世界的变化，特别是中国的迅速发展，是没人能预测到的。同一时期，围绕着华语电影的情形也变化了许多。进入二十一世纪后，针对国内观众的中国电影大为流行起来，先有了冯小刚的一系列贺岁片，后来更出现了陈可辛《投名状》等跟好莱坞媲美的大型制作。不用说，这是中国经济的发展导致内地电影市场成熟的缘故。如今的华语片导演为内地观众拍戏，而不再为国际观众特别是影展裁判团拍戏了。听起来再理所当然不过吧，可是二十年以前，张艺谋的《菊豆》《大红灯笼高高挂》等作品就是受了媚外的谴责，也不是无凭无据的。

一九九七年香港回归中国，二〇〇三年签署《建立更紧密经贸关系的安排》以后，港产片和内地产片的区别逐渐消失。果然政治和经济决定包括文化在内的一切。这些年，无论是许鞍华的《姨妈的后现代生活》还是王家卫的《一代宗师》，与其说是香港电影，倒不如说是香港导演拍的内地电影了。然后，再想想，其实许导和王导都是中国大陆出生的：许导生在东北鞍山，王导则在上海出生。正如曾经割让或出租的土地给拿回来，曾经出境的赤子也重新被母国拥抱，也许可说顺理成章。

只是已消灭或失去的事物总让人心里产生怀念之情。在大学的课堂上，给日本学生看《重庆森林》时，我想起尖沙咀重庆大厦内的印度餐厅，中环户外电梯边的云吞面馆。记得王家卫的另一部作品《阿飞正传》在铜锣湾皇后饭店取景，我曾去吃过俄罗斯菜基辅式炸鸡肉。铺子里展览着影片中用过的道具，包括老式的电话亭。殖民地时期的香港多多少少继承了老上海十里洋场的氛围，而在电影界，王家卫是有目共睹的海派代表。

以香港电影的坐标，我是四大天王和梅艳芳的同代人，就是他们的影片叫我决定去香港住的。当时已有一百五十年历史的殖民地城市，摆脱不了电影布景般的肤浅与虚假，但香港的魅力就在那里，至少当年是。回归中国以后，恐怕很多事情都不一样了。影片里却保存着昔日时光。《重庆森林》

中的金城武，借用兰桂坊"深夜快车"快餐店的固定电话，一直要找朋友出来。殖民地香港属于前手机时代，那确实是跟今天稍微不同，根本不同的时代呀。

姜文和小津的《军舰进行曲》

为了在《鬼子来了》里生动地表现出日本的文化和民族性格来，姜文也理应观摩了被视为"最具有日本特色"的导演小津安二郎的作品。

中国的电影导演当中，我最感亲切的是姜文。大概是我跟他年纪相近的缘故。最初看到《阳光灿烂的日子》（一九九四）时感到的惊喜，至今仍记忆犹新，因为该片讲的故事跟我从中国朋友们那儿听到的"文革"时期回忆挺像的。他们是上世纪六〇年代出生的孩子们，对"文革"的印象是"没有大人管"和"要怎么样就怎么样"，总之是"好玩极了"；跟伤痕文学或者第五代导演如陈凯歌作品《霸王别姬》里的"十年动乱"很不一样。若说第五代的特征是沉重，姜文则令人觉得很轻松，即使作品的主题其实是蛮沉重的。

后来，我听到姜文的第二部作品《鬼子来了》获得戛纳电影评审团大奖，也看了日本报纸上篇幅不长但是很正面的评论。尽管如此，我一直不敢看，就是被片名吓坏的。直到开了大学华语电影课以后，才觉得非克服个人胆怯不可，为了大局买来DVD来看，结果是又一次的艳遇，实在是相见恨晚了。《鬼子来了》特好看。胆小鬼如我，只要在影片后面虐杀进行的五分钟用手掌盖住眼睛即可，其他时候，很逗的场面还是居多的。

影片开头，飘扬于银幕上的旧日本海军旗，和以喇叭信号开始的《军舰进行曲》，跟片名《鬼子来了》一样具备冲击力。三个因素都开门见山地告诉观众：即将给你们看日本鬼子的真面目。中国导演拍的抗战电影，过去为数不少。以一九四一年司徒慧敏在香港拍的《游击进行曲》始，有战后蔡楚生回上海拍的《一江春水向东流》、金山在国民党占领下之长春制片厂拍的《松花江上》、解放后赵明执导的《铁道游击队》，还有后来"文革"时期中国人重复看过很多次的《地道战》《地雷战》，等等。但是，那些抗战影片中的日本鬼子形象，几乎都是相当戏剧化的愚蠢加上好色，并没有突出关键性的残忍暴戾一面。于是，当张艺谋在一九八七年的出道作品《红高粱》中，很具体地描绘了日军对中国老百姓进行的残酷处刑时，不仅是中国观众，而且连外国观众的反应都特别强烈，因此给它带来了柏林影展金熊奖。

之前的抗日电影中，日本鬼子的角色一般都是由中国演员饰演，从《松花江上》起好几部电影里演日本鬼子的方化是最有名的例子；还好，他一九九四年去世之前，最后参加的影片竟是姜文的作品《阳光灿烂的日子》，其中他演了中国人民解放军的一名将军。即使在《红高粱》或者陈凯歌的《霸王别姬》里，日本鬼子的角色都是中国人演的。香港影片也一样，在梁普智导演的《等待黎明》里，饰演日军长官金泽的是华人演员翁世杰。在这一点上，姜文的《鬼子来了》首先就有了选角方面的突破：戏中最重要的三个日本士兵角色，他都请来专业的日本演员，其他众多日本人角色也统统由在华日本留学生等人饰演。

担当日方主角花屋小三郎的演员，由于上镜头时间相当长，对整体日本鬼子的形象影响颇大。为这一重要角色，姜文高明地选择了香川照之。他当时出道后大约十年，参加过不少电视剧演出，可还不是特别有名，也没得过什么奖。然而，作为演员，他的血统特别好：高祖市川段四郎是明治到大正世代的著名歌舞伎演员，曾祖父、祖父、父亲又都一代一代地继承了家业。祖母是在小津安二郎电影《宗方姊妹》里演妩媚寡妇的高杉早苗，母亲则是宝冢歌舞剧团出身的演员滨木绵子。难得的是，香川照之本人也不是个傻乎乎的名家少爷；他从私立名门晓星学园，考进了日本的最高学府东京大学文学部，专攻社会心理学，一九八八年拿到文凭圆满毕业。

有演戏的家世加上社会心理学的学问训练，香川照之能清楚地理解他承诺的是多么困难的工作。他有写日记的习惯，去中国拍戏都带着笔记本，每天晚上记录当天发生的事情。回国以后，那段时间的记载整理成《中国魅录"鬼子来了！"摄影日记》一书，由电影旬报社出版。从他留下的记录，我们可以知道，还没开拍之前，姜文对日本演员进行严厉的军事训练。自第二次世界大战败北以后，日本取消了征兵制，如今的日本青年根本没机会接受军训。这回在中国，艰苦的训练不仅要改造他们的身体，按照姜文的计划，也要改变他们的表情、思想、态度等。

另外两个重要的日本角色中，饰演酒冢陆军部队队长的泽田谦也，乃平时在香港电影圈演戏的。他演的酒冢猪吉是日本陆军一个部队的队长，任何战斗行为，都是他命令手下士兵去做的。在姜文指导下，泽田很巧妙地表现出日本军人相当矛盾的性格：易怒、守约、理性、残虐等，这使得观众容易接受情节的意外发展。至于野野村耕二海军部队队长，为人性格跟酒冢很不一样：他是文化人，爱音乐。长年驻屯于没有多少动静的山海关附近之小村落挂甲台，他把手下的士兵训练成一支吹奏乐队，每天在自己的指挥下，演奏着《军舰进行曲》行进村子里。而那首听起来很开朗的进行曲，在电影高潮的虐杀场面，将发挥令人忘不了的作用。虽然说，野野村对当地居民的态度也算严厉，但是遇到孩子们，每天他都发糖果给他们吃。到了洗澡时刻，他就泡在水中吟起了在日本有七百年传统的幸若舞中《敦盛》的一段：人间五十年，有如梦幻云云。

可见，为了执导《鬼子来了》，姜文对日本人的文化和民族性格做了不少功课。他找来的资料中，除了书本以外，应该还包括日本电影。旅日电影学者刘文兵在他的日文著作《中国十亿人的日本映画热爱史》（集英社新书）里写道："文化大革命"时代后期，为了批判当时的日本佐藤荣作政权右倾化，在中国上映的日本影片《啊！海军》（一九六九，村山三男导演）等作品，给一代中国人留下了非常深刻的印象。于是他估计，姜文也牢牢记得当时在日本战争影片里听到的《军舰进行曲》，拍《鬼子来了》的时候就拿来用了。

我倒猜测：为了在《鬼子来了》里生动地表现出日本的文化和民族性格来，姜文也理应观摩了被视为"最具有日本特色"的导演小津安二郎的作品。这位电影大师，一九〇三年十二月十二日出生，一九六三年十二月十二日去世，前后拍了五十四部影片，包括早期的黑白无声电影、中期的黑白有声电影、晚年的彩色有声电影。

其中，他战后拍的黑白有声片三部：《晚春》（一九四九）、《麦秋》（一九五一）、《东京物语》（一九五三），都由俗称"永远的处女"的原节子饰演主角纪子，情节又都围绕着她的婚姻，顺理成章地被称为"纪子三部曲"或"春天三部曲"。另外，最晚年的彩色作品三部：《彼岸花》（一九五八）、《秋日和》（一九六〇）、《秋刀鱼之味》（一九六二），也同样以女儿出嫁为主题，但是这回真正的主人公则转移到他父亲和他同学们去，在每部影片里，他们都经常开同窗会。这些作品被称为"秋天三部曲"。

全世界研究小津电影的人，一般把这六部影片当作他的代表作。在日本房子的榻榻米地板上，登场人物们跪坐着谈话的样子，用设定在低处的摄影机，从人物的正对面远距离拍摄。这种摄影方式，其实跟他早期拍电影的方式很不一样。制作方式变化的背后，自然有多种因素。不过，其中不可忽视的是，太平洋战争时期的一九四三年到一九四五年，小津奉日本军部之命，带领摄影组去了新加坡两年。原来军部命令小津拍摄有关"独立印度军"的纪录片，以便宣传大东亚共荣圈。然而，到了新加坡，小津就发现仓库里有许多好莱坞片的菲林，乃日本占领军在当地接收过来的。看了看好莱坞片，小津被其水平之高吓到，马上知道了：这场战争，日本是输定的。所以，后来他就不拍摄什么纪录片了，反之天天研究好莱坞片。最后得到的结论便是：要在世界舞台上竞争，唯一可赢的方法是，去拍别人绝对不会拍的作品。战后回日本的小津，把自己比成豆腐商，经常说"我是豆腐商，只能做豆腐。要买别的东西，请到别的店家去"。他所说的豆腐，后来被外国影评人说成是"最具有日本特色"的一系列作品。

一九三〇年代，小津也被征兵去过两年中国。虽然当了总共四年兵，在他拍的五十四部电影里，连一次都不曾出现穿军装的人物。一般都因此而下结论说：这证明小津是个反战导演。也不无道理。例如，在晚年代表作之一的《彼岸花》里，佐分利信饰演的父亲角色对田中绢代演的妻子清楚地说道："我最讨厌战争年代。那些坏蛋横行霸道的时代，我就是不要它再回来。"他说那句话之前，妻子就说过"我有时怀念战争年代，空袭警报一响，一家四口一起跑进防空洞，互相紧紧拥抱"的。

在遗作《秋刀鱼之味》里，小津的反战意识表现得更清楚了。笠智众演的父亲角色，有一晚参加同学会，散会以后，把酩酊大醉的恩师送回家。这位原日本中学汉文（古汉语）课老师，战后沦落为一家中式面馆老板。直到一九四五年战败前，在日本中学的课程表上，汉文是"国汉数英"四大科目之一；然而，战后占领日本的美国人，把汉文课视为给学生灌输封建思想的渠道，因此在一场教育改革中，大幅度地减少了教学时间，导致不少汉文老师失业，显然包括沦落为面馆老板的那一位了。笠智众知道老师生活不容易，于是向老同学们募集捐款，改天又送到老师家去。未料，来面馆要吃碗叉烧面的一个客人，向他打招呼说："舰长！"原来，笠智众在战争年代是军舰的舰长，客人则是他当年的部下。为巧遇惊喜，老战友一起去一家酒吧，让那里的妈妈桑放《军舰进行曲》唱片。而后，听着那曲调，老舰长和部下以及妈妈桑都高高兴兴地互相做敬礼的手势。老部下发牢骚说："如果咱们赢了，如今在纽约，就凌驾于美国人之上了。"老舰长马上介入，并很温和却断然地说道："我们输了，是一件好事情，不是吗？"跟着，老部下回答了跟《彼岸花》的佐分利信几乎一样的话："没有错。那些无聊的家伙，不再横行霸道了。确实是好事情。"影片最后，女儿出嫁，做了鳏夫的笠智众，婚礼之后深感寂寞，又一个人去那家酒吧。妈妈桑看到他穿的礼服问："您去了葬礼吗？"老舰长则回答说："差不多。"女儿的红事给他带来白事一般的感慨。然后，他和妈妈桑又听着《军舰进行曲》做敬礼的手势。小津是拍完这部电影以后病倒，第二年年底去世的；下一部作品《白萝卜，胡萝卜》的拍摄计划早已决定。可是，《秋刀鱼之味》里，他似乎已经总结了对人生的感受。

在《鬼子来了》里每天高高兴兴地指挥《军舰进行曲》的野野村队长，鼻子下留着胡髭，始终笑眯眯的样子，其实很像笠智众的。野野村洗澡时吟诗，似乎也学了笠智众。他在实际生活中的爱好之一就是吟诗，于是小津导演给他在影片里表演的机会：在《彼岸花》里的同学会上，他在老朋友们面前表演起来。但是，吟了一段，他马上停掉，因为诗歌内容围绕着历史人物楠木正成，乃歌颂忠君爱国思想的，跟民主主义的战后日本社会不搭调。宫路佳具演的野野村队长，乍看似是笠智众在战争时候的写照。然而实际上，比小津小一岁的笠智众没被召集去过战场，从一九二八年到一九九二年，一直参加电影演出，在小津导演的片子里，更往往演了导演投射自己的人物。

另外，在《鬼子来了》的宴会上，有几个日本兵喝醉酒后齐声唱当年的流行歌曲《香兰节》。这首歌的旋律，据说取材于中国台湾民谣，在日本流传到今日。而在小津电影《早春》（一九五六）中，就有池部良饰演的主人公某一晚参加战友会，大家合唱同一首《香兰节》的场面。姜文拍《鬼子来了》之前研究过小津作品，似乎是无疑的。影片里的战友会场面提醒我们：战争年代，多数日本男人都被征兵上阵了；战后他们回日本，脱下军装，穿上西装，社会上看不到军人了。在美国占领军设计的民主社会里，曾经穿过军装的人们吟老诗、唱老歌都觉得跟时代不合。讲到最根本的价值观，他们都认为日本战败是件好事情；因为军国主义不仅害别人，而且害自己人。但那不等于说，他们不怀念自己的青春日子；也不等于说，他们对战后的社会风气没意见。

曾经上过阵，却认为自军战败是好事，这种心态来得不易，乃需要勇气去自我否定的缘故。小津安二郎的遗作《秋刀鱼之味》，无论戏中播了多少次《军舰进行曲》，做了多少次敬礼手势，最后表达的毫无疑问是反战思想。那为什么播《军舰进行曲》，为什么还做敬礼手势？不会是简单的怀念。曾经流逝过的时光、曾经酷爱过的先妻、曾经当兵时候的可怕回忆，人还是会想起来，为的是确认人生的实感。姜文的

《鬼子来了》和小津安二郎的《秋刀鱼之味》都是高水准的反战电影。同一首《军舰进行曲》，在两部影片里留下既很像又很不像，总之非常难忘的印象。

图书在版编目（CIP）数据

我和中文谈恋爱 /（日）新井一二三著 . —上海：
上海译文出版社，2019.10
ISBN 978－7－5327－8169－0

Ⅰ. ① 我… Ⅱ. ① 新… Ⅲ. ① 散文集－日本－现代
Ⅳ. ① I313.65

中国版本图书馆 CIP 数据核字（2019）第 219748 号

图字：09－2018－1164 号

我和中文谈恋爱

[日] 新井一二三　著

责任编辑 / 刘宇婷　装帧设计 / 邵　旻

上海译文出版社有限公司出版、发行
网址：www.yiwen.com.cn
200001　上海福建中路 193 号
江阴金马印刷有限公司印刷

开本 787×1092　1/32　印张 7.5　插页 6　字数 100,000
2020 年 1 月第 1 版　2020 年 1 月第 1 次印刷
印数：0,001—6,000 册

ISBN 978－7－5327－8169－0/I・5032
定价：39.00 元